且读

……

36

刘墉

散文精读

[美]刘墉 著

浙江人民出版社

刘墉

1		4
2	3	5

❶ 创作中

❷ 画作《夏日园趣》

❸ 画作《春之颂 · 樱花》(局部)

❹ 画作《而今听雨僧庐下》

❺ 画作《湖心亭看雪》

教孙儿画画

目录

哲思

错也是对

小时候，父亲常教我写毛笔字，每当我写到一半，对其中一笔不满意而懊恼迟疑，父亲总会安慰我：“上一笔没写好，可以用下一笔去救。练字的人，不但要会写好，还要懂得救好。因为如果你会救，就无所谓错误了！错也是对！譬如一个人写‘太’字，第二笔写歪，别人认为没办法写好，却见他将最后两笔也改了个角度，结果不但漂亮，而且妙极了！”

父亲还说有一次康熙皇帝出巡，到了西湖，灵隐寺的住持求皇帝写幅字，康熙原想题“灵隐寺”，但落笔时不小心，将“灵”字上面的雨（繁体字的“灵”字上面是“雨”字头）写大了，下面纸幅有限，怎么也不能把“灵”字写完，旁人都捏把冷汗，却见皇帝气定神闲大笔一挥，改写为“云林禅寺”（繁体字的“云”字上面也是“雨”字头）。那幅字至今仍挂在西湖，大家只觉得笔飞墨舞，是幅好字，有谁会去计较那是写错之后的权宜之计呢！

我当时太小，听不懂，直到有一天父亲带我去看漫画家表演——只见台上挂着一大张白纸，漫画家邀观众上去随便画几笔，然后立刻根据那几笔，改成一幅画。有些观众存心找麻烦，故意东勾一圈，西画一条，大家这么想，都认为画家会被难倒，却见画家略一思索，就解决了问题。

我开始了解，这世上一般人认为错的事，不见得就是错，有些人不但能将错变为对，而且对的比别人对的还要好。

所以在中学，我试着在作画没有灵感时，把纸折皱，摊在地上看那折痕，前看，后看，左看，右看，居然能看出许多美丽的山峦和川流。

后来在大学教课，我也常将纸随便“团”一下，丢在桌上，让学生发挥想象，去寻找美的造型。我发觉用这种方法创作的画，常能打破自己惯用的格式，开展出新的面貌，尤其喜爱临摹的学生，往往能因此脱离古人的窠臼。

我更发现，有时候在作画之前想要使用宣纸，不小心拿错了纸，却很可能因为纸性不同，产生许多意外的好效果，远非平日所能想见。

如此说来，那错，不也就是另一种对了吗？

从写毛笔字、画漫画到学国画，我深深领悟了这个由错误中寻对的道理，且用在我的生活中，经过许多坎坷、风浪，一次又一次证明父亲的那句话：“如果你会救，就无所谓错误了！错也是对！”

幽默感

今天看电视时，当我发现你居然说得出每个演员的名字，甚至连他们的家庭生活也知之甚详的时候，开玩笑地问你："喂！请问布鲁克·雷德丝的电话几号？"

你居然反问："对不起，爸爸！我不知道，但打听很久了，你知道吗？快告诉我！"

我大笑了起来，惊讶地发现，你居然有了幽默感。

"有幽默感"这句话在中国或许并不重要，却是西方社会对人极高的赞赏，因为他不仅表示了受赞美者的随和、可亲，能为严肃凝滞的气氛带来活力，更显示了高度的智慧、自信与适应环境的能力。

幽默像是击石产生的火花，是瞬间的灵思，所以必要有高度的反应能力与机智，才能说出幽默的语句，那语言可能化解尴尬的场面，也可能于谈笑间有警世的作用，更可能作为不露骨的自卫与反击。

譬如在议会里发生了老议员以拐杖打人的事，有人提议进场者应该把拐杖挂在门口，这时议长若是接受而诉诸表决，无论结果如何，总是不愉快，幸而他急中生智，笑着说："如果为了防止不正当的动作，就须把拐杖挂在议场门口，那嘴也该挂在门口，手脚也该摆在保管处。"引得全场大笑，提议者也在莞尔的情况下，解决了尴尬的场面。

又譬如伏尔泰总是赞赏某人的作品，某人却总是刻薄地批评伏尔泰，当人向伏尔泰说出这件事时，他只是一笑："我们双方都弄错了。"不过短短几个字，既幽默地解决了尴尬的场面，又做了有力的反击。

我还听过一个故事：美国工人到俄国工厂参观，看到停车场的轿车，便问那些轿车是谁的。俄国工人回答："工厂是我们工人的，轿车是上面的。"随之反问美国工人，美国工人幽默地说："我们没有你们走运，工厂是上面的，轿车是我们工人的。"两句话的对比，却有了深刻讽刺的意义。

但是我必须强调，幽默并不是讽刺，它或许带有温和的嘲讽，却不刺伤人；它可能是以别人，也可以用自己为对象。而在这当中，便显示了幽默者与被幽默者的胸襟与自信。

我曾经看过一个秃头者，在别人对他的秃发幽默时，当场变了脸，这可能因为对方幽默不得体，刺伤了他，更可能是因为他原本对秃头有极大的自卑。

相反地，我也见过一位秃头的报纸主编，当别人笑称他聪明透顶时，居然笑答："你小观我也，我早就聪明绝顶了！"

你想，若不是他有相当的自信，又怎么可能将就别人的话，幽自己一默呢？

所以，越是开放而富裕的社会，人们越富有幽默感；越是闭锁的环境，越难让幽默存在。

不存在的原因，不是人们没有这份智慧，而是没有这份胸襟；不是因为人们有过强的自尊，而是因为色厉内荏的自卑。一个幽默者最重要的条件是圆满健全的人格。

1981年3月30日，当里根总统被刺时，白宫新闻秘书詹姆斯·布雷迪更是受到了重伤，子弹从他的前额射入，他血流满面仆倒在地，当时许多新闻机构都报道了他死亡的消息，因为没有人能相信，大脑受此重创的人还能活命。

但是，年轻人！就在今天，1987年11月，我看到电视中的报道，詹姆斯不但已经逐步克服了半边大脑受损导致的行动不便，骑马与妻子出游，而且一如往日地幽默。访问中，我印象最深的，是他说：

“幽默感，使我能撑下来。厄运是会打击我，但它打不到幽默感的那种深度！”

年轻人！你说，这幽默感是什么？

它是面对不同环境的乐观态度！

随时、随性、随遇、随缘、随喜

三伏天，禅院的草地枯黄了一大片。

“快撒点草种子吧！好难看哪！”小和尚说。

“等天凉了。”师父挥挥手，“随时！”

中秋，师父买了一包草籽，叫小和尚去播种。

秋风起，草籽边撒边飘。

“不好了！好多种子都被吹飞了。”小和尚喊。

“没关系，吹走的多半是空的，撒下去也发不了芽。”师父说，“随性！”

撒完种子，跟着就飞来几只小鸟啄食。

“要命了！种子都被鸟吃了！”小和尚急得跳脚。

“没关系！种子多，吃不完！”师父说，“随遇！”

半夜一阵骤雨，小和尚早晨冲进禅房：“师父！这下真完了！好多草籽被雨冲走了！”

“冲到哪儿，就在哪儿发！”师父说，“随缘！”

一个多星期过去。

原本光秃的地面，居然长出许多青翠的草苗。一些原来没播种的角落，也泛出了绿意。

小和尚高兴得直拍手。

师父点点头："随喜!"

小心你自己

一

小和尚裱画。

先调了糨糊，涂在画的背面，再裱上一层白棉纸，又找到最讲究的织锦缎，镶在画的四周，贴在墙上等干。

小和尚知道贴在墙上的时间愈长，将来画愈平。所以他足足等了一个月，才把画拿下来，放进檀木框子。

画挂上，小和尚左看看、右看看，得意极了。

问题是，才一年，画上居然出现了几个黄色的斑点。

“这是师父最爱的画啊！”小和尚急死了。可是怎么也想不出，自己有什么不对的地方。

“我用了最好的糨糊、棉纸和织锦，那个檀木框就更不用说了……”小和尚向师父解释。

“先把画从框子里拿出来吧！”师父说。

小和尚取下框后的护板，把画拿出来，交给师父。

“黄点是从画前面进去的，还是从后面进去的？”师父指着问。

“是后面！”小和尚叫了起来，“可是后面裱的棉纸是最好的！”

“没错！”师父笑笑，“错在三夹板！新的三夹板掉颜色！你让它直接靠在画的背后，画当然要遭殃！”

二

小和尚从树林里采来许多香菇，摊在地上曝晒。

“晒干之后，装进袋子。”师父说。

“知道了！”小和尚应着，觉得师父真操心。

没想到正装袋，师父又来了：“不要全装进一个大袋。多分几个小袋子，封紧了！别透气！”

“知道了！”小和尚心想，“师父真是麻烦！”

野生的香菇特别香，炒青菜时丢进几朵，就有了说不出的好滋味，到院里用斋的施主莫不称赞。

第一包香菇用完了，小和尚打开第二包，大叫一声，冲去向师父报告：“不好了！不好了！香菇里长满了小虫，不能吃了！”

“别急！这包不能吃，别包说不定能吃！”师父说，“把剩下的几包也打开看看!”

小和尚紧张地打开那些包，嘴角笑到了耳根。

“这就是我要你分包密封的道理。”师父敲敲小和尚的头，“你以为画板是保护画的，岂知板子也伤了画。你总以为袋子是防外面虫子咬香菇，岂知香菇原来就有虫。于是那保护它不受外界侵犯的，反过来，保护了外界，不受它的侵犯。”师父叮嘱说，“我们总怕别人会害自己，其实害自己的不一定是别人，也有可能是自己！我们应该常常清理自己的小虫，别让它偷偷啃食我们的心或飞出去害别人”。

人就这么一辈子

我常以“人就这么一辈子”这句话来告诫自己并劝说朋友。这七个字，说来容易、听来简单，想起来却很深沉。它能使我在懦弱时变得勇敢，骄矜时变得谦虚，颓废时变得积极，痛苦时变得欢愉，对任何事拿得起也放得下，所以我称它为“当头棒喝”“七字箴言”。

人不就这么一辈子吗？生不带来、死不带去的一辈子，春发、夏荣、秋收、冬藏，看来像是一年四季般短暂的一辈子。每当我为俗务劳形的时刻，想到这七个字，便忆起李白的《春夜宴桃李园序》中“夫天地者，万物之逆旅也；光阴者，百代之过客也。而浮生若梦，为欢几何”的句子。而在哀时光之须臾，感万物之行休中，把周遭的俗事抛开，将眼前的争逐看淡。我常想，世间的劳苦愁烦、恩恩怨怨，如有不能化解、不能消受的，经过这短短几十年不也就烟消云散了吗？若是如此，又有什么好解不开的呢？

人不就这么一辈子吗？短短数十寒暑，刚起跑便到达终点的一辈子；今天过去，明天还不知道属不属于自己的一辈子；此刻过去便再也追不回的一辈子；白了的头发便再难黑起来，脱了的智齿便再难生出来，错了的事便已经错了，伤了的心便再难康复的一辈子；一个不容我们从头再活一次，即使再往回过一天、过一分、过一秒的一辈子。想到这儿，我便不得不随着东坡而叹：“寄蜉蝣于天地，渺沧海之一粟。”我便不得不随陈子昂而哭：“前不见古人，后不见来者，念天地之悠悠，独怆然而涕下。”我便不得不努力抓住眼前的每一刻、每一瞬，以我渺小的生命、有限的时间，多看看这美好的世界，多留些生命的足迹。

人就这么一辈子，你可以积极地把握它，也可以淡然地面对它。看不开时想想它，以求释然吧！精神颓废时想想它，以求振作吧！愤怒时想想它，以求平息吧！不满时想想它，以求感恩吧！因为不管怎么样，你总很幸运地拥有这一辈子，你总不能白来这一遭啊！

整齐与变化

有一个朋友，到纽约研究都市计划，当他学成返国之前，我问他："纽约市最成功的设计是什么？"

"是那条斜斜的百老汇大道。"

我十分不解："大家都认为横平竖直、棋盘式的街道最好，你为什么反而欣赏那斜斜的大道呢？"

"因为斜路从棋盘中穿过，会造成许多三角形的地区，譬如'时代广场''华盛顿广场'，不但造成建筑的多样变化，而且形成特别的聚落与文化景观。"

我又接着问："那么纽约街头给你印象最深的是什么？"

又是令我惊讶的答案，他说："是街头表演的艺人、卖小吃的摊贩和第五大道的马车。"

"这些都可能造成脏乱，你为什么反而特别喜欢呢？"

"因为一个大城市所要表现的，不只是现代，而且是古典，不仅是繁华，而且是悠闲；不只是整齐，而且是变化。如果一个城市只有整齐与漂亮，却缺少它特有的气质，绝不可能成为伟大的城市。”

“这么说，如果由你来参与国内的都市建设，你一定会鼓励摊贩的设置了?”我说。

“不！我会先严加管理，因为先要求整齐，才能求变化。整齐中的变化是变化；变化中的变化，却可能是杂乱。”

三十五不是七十的一半

一个年轻人到医院看病，医生诊察之后，叹口气：“如果你再不注意保养身体，恐怕活不过三十五岁。”

没想到年轻人一笑：“如果人平均活七十岁，三十五岁也有一半，不算太少了。”

医生立刻板了脸说：“对，三十五岁确实是七十岁的一半，但这只是对你个人而言，对社会来说却差得太远了。你想想，在二十岁之前，你吃父母的、穿父母的，哪一样不是取自家庭，可曾对社会有什么贡献？所以你即使活了三十五岁，扣掉前二十年，真正能够回报社会的，顶多只有十五年。但是如果你活了七十岁，则能为社会贡献五十年的力量，这之间不是相差太远了吗？所以对于贡献而言，三十五绝不是七十的一半。好好保养身体，多活几年吧！”

崇高的卑微

有一个很小很小的岛，自惭形秽地向上帝诉苦："上帝啊！您为什么让我生得这么渺小可怜呢？放眼世界，几乎任何一块土地都比我高，别人总是巍然而立，高高在上，甚至耸入云端，显得那么壮观伟大，我却孤零零地卧在海面，退潮时高不了多少，涨潮时还要担心被淹没。请您将我提拔成喜马拉雅山，否则就将我毁灭吧！因为我实在不愿意这样可怜地活下去了。"

上帝笑笑："且看看你周围的海洋，它们占地球面积的四分之三，也就有四分之三的土地在那下面，它们吸不到一点新鲜的空气，见不到多少和煦的阳光，尚且不说话，你又为什么要抱怨呢?"

小岛突然汗如雨下："请饶恕我的愚蠢，维持我崇高的卑微吧！感谢上帝，我已经太满足了！"

爱河船声

我有一次到高雄出差，晚上没事就跟当地的朋友坐在“爱河”旁边欣赏夜景。正在聊天的时候，远方河面上隐约传来“咚咚”的音响，那声调十分规则，有些像鼓，却又不及鼓声来得响亮，我就好奇地问：“那是什么声音啊？”

“这个你都不知道？”朋友有点好笑地说，“这是河上拖木船的马达声，等下你就会看到了，一条小船用绳子拉着长长的几十根木头在河面行驶，有时浮木上还坐着人呢！他们抽烟、聊天，比我们更惬意。”

“真的？那一定很有意思。”于是我就兴冲冲、眼巴巴地望着河的远方，希望看到拖木船和朋友描述的景象。可是那船似乎行驶得非常慢，只听到“咚咚”的音响不断传来，等了半天也未见船的影子。

“真是太慢了，我们一边聊一边等吧。”我说，于是又继续闲话家常，聊了一会儿，我突然想到那拖木船该已驶至眼前，赶紧转过头寻找，但是“咚咚”的声音依旧，却仍是一片空荡荡的河面。“怎么还没到?”我抱怨地说。

“已经过了。”朋友讲，“你没发现这声音的方向与刚才相反了吗?”我闻言大惊，侧耳细听，果然那咚咚如鼓的音响，已移到了河的另一端，渐行渐远，最后只剩下一片苍茫的夜色、一流潺潺的水声和我一颗怅然若失的心。

唉！人生机遇，稍纵即逝，谁说不是呢?

养花与养人

有一天我下班较早，看见邻居老先生正在整理花架。起初只见老先生拿着剪刀，走向一盆繁茂的花，细细转动审视之后，突然连下几刀，剪去许多看来非常漂亮的枝条。接着老先生又端来另外一盆，而且连看都没多看两眼，就把花连根拔起，除掉附带的泥土，再植入另一盆。我正不解，老先生又从里面提了一壶水出来浇灌，妙的是他不但浇那些枝叶茂盛的盆栽，而且对于一些看来只有泥土，或略见两三枯枝的花盆，更是特别照顾。

老先生浇完花，总算工作告一段落，我就趁机发问："您刚才的这些做法，我真有点不懂，起初一盆好好的花，硬是剪几刀，不是很不近人情吗？接下来翻泥、换土、移盆，不是多此一举吗？最后连些枯枝干土也要浇水除草，不是毫无意义吗？"

老先生笑笑："你们年轻人最大的毛病，就是只看表面，不多思考。养花就好比养人啊！对于那些看似繁茂，却生长错乱、不合规矩的花，一定要狠狠地修剪，免得它们歪斜杂乱，将来才能发育良好。这就好比收敛年轻人的气焰，将他们导入正轨一样。接着我换土疏根，目的是使植物接触沃壤。这就好比要孩子追求上进，离开不良环境，求取更高的学问。至于浇花，我之所以特别照顾枯枝，实在是因为那些植物的枝，看来已死，却蕴有生机；泥土中更埋有种子，等待发芽。这就好比教育，要特别照顾那些贫苦却有心向上的学生，更得悉心哺育下一代，使他们成长茁壮。你说，我刚才的做法，哪一项是没有意义的呢?”

我恍然大悟地说：“怪不得柳宗元讲‘吾问养树，得养人术’了!”

盲者的回忆

有一位盲人告诉我，他是在四岁时因病失明的。

“可惜那时你才四岁，什么也记不得。”我说。

“不！我记得非常清楚。父母的笑、花朵的红、树叶的绿、阳光的金黄，直到如今还清清楚楚地印在我的脑海里。每当我消沉的时候，就会想：比起其他盲人，我不是还幸运得多吗？他们大部分从来就不知道世界是什么样子，我却拥有那么美好的回忆。虽然短暂，已经足够我享用了。”

这位盲人只看过四年，便记得那么多，且知道珍视。我们看这个世界十四年或四十年，又获得了多少？咀嚼了几许？满足了几分？

唉！人总是有得愈多，愈不知把握；见得愈多，忘得愈多；愈富有，愈不知足啊！

得与失

人在大的得意中常会遭遇小的失意，后者与前者比起来，可能微不足道，但是人们往往怨叹那小小的失，而不去想想既有的得。

譬如一位千万富翁，很可能因为损失了两百万元而闷闷不乐，一位经理很可能因为遭受总经理的白眼而心萌去意。他们只计较眼前的小不如意，却不想想自己已经是非常得意的人。也就因此，许多得意者反不如一般人快乐，甚至千万富翁自杀了，经理辞职了。到头来这些得意人，因为自己小处看不开，最终成了真正的失意者。

得与失在我们心中，真是只有一线之隔。我们意以为得，就是得意；意以为失，就是失意。所以，颜渊居陋巷，一箪食，一瓢饮，也能得意在其中。秦王嬴政统一六国，兼并天下，也能失意于其间。大约有得必有失，有失必有得。所得既多，就是再增加，也不觉得欣喜，稍有所失，便诚惶诚恐；所失既多，就是再失，也不感到痛惜，稍有所获，便十分快乐。

如此说来，得意何尝不是失意之由，失意何尝不是得意之始呢？

更深一层想，我们人生最大的得意与失意，都无法由我们自己来决定。人生最大的得，应该是“生”，我们从父母处得到生命，不是最大的得吗？因为没有这个得，就没有以后的得，这是得的根本。而人生最大的失，应该是“死”，当这一刻来临，我们便要交出所得的一切，包括自己的生命，这不是最大的失吗？这最大的得与失，我们尚且无法掌握，还有什么得失好计较呢？

《孔子家语》里记载：有一天楚王出游，遗失了他的弓，下面的人要去找，楚王说：“不必了，我掉的弓，我的人民捡到，反正都是楚国人得到，又何必去找呢？”孔子听到这件事，感慨地说：“可惜楚王的心还是不够大啊！他为什么不讲：人掉了弓，自然有人拾得，又何必计较是不是楚国人呢？”（语译）

“人遗弓，人得之”，应该是对得失最豁达的看法了。就我们个人而言，固然有得有失；就全人类而言，不是都一样吗？仿佛云来云往，雨来雨往，世上总有晴朗与阴雨的地方；又如同生生死死，死死生生，这世间的一切总是继往开来、生息不断。所以，得与失，到头来根本就一无所得，也一无所失啊！

食髓知味

我想许多人都有这个经验：当我们看到花生米、瓜子或牛肉干这类食物，不一定会立刻想吃，但是只要一开始，便很难停下来，经常吃到一干二净或撑得再也吃不下去的时候，才停止。

不仅是吃，我们对许多事情都如此。譬如写作和画图，未动手之前，往往并没有创作的冲动，但是只要笔一落纸，就变得下笔千言不能自已、淋漓挥洒不知昏晓。又譬如收藏，许多人起初只是在偶然的机会下买到几件小东西，结果因为玩而爱、爱而好，最后成了整天泡在古董店的收藏家。至于最糟糕的赌博、酗酒和吸毒更是如此，许多人原本只是抱着试试的心理，但是一沾手，便沉迷其中，无法自拔。

食髓知味！这世界上的“髓”真是太多了，只是有的髓滋补营养，有些髓腐蚀伤身，在吃之前，先得认清楚。

四不囿

作为一名成功的艺术家，要能“四不囿”：不囿于法，不囿于物，不囿于己，不囿于名。

不囿于法，是不为成法所拘，化古而不泥古，师古而不复古，于自然中求规矩，于疏宕中见章法，如此才能自出机杼、另辟蹊径，成一家之画风。

不囿于物，是不囿于物之外形，要超于象外，得其环中。于不似中求似，于无景中求景，于松脱中求紧密，于空灵中求意趣。

不囿于己，是不可师心固执、刚愎自用，而当虚心向学、求教有方，时时反省退思、审问明辨，仿佛虫之作茧、蝶之蜕变，一朝突破，必有大成。

不囿于名，是不哗众取宠、欺世盗名。求名而不好名，有名而不恃名，即使靠某种风格成名，也不死守这个风格以系名。是所谓弃小名，求大名；弃今生名，求万世名。

钓鱼的哲学

我有位朋友非常喜欢钓鱼，每到假日都要戴着草帽、背着竹篓，拿着渔竿到河边垂钓。有一天我问他："钓鱼到底有什么乐趣啊？日晒雨淋地在岸边枯坐，有时等上半天，连只小虾都没看到，这么乏味的事，你却如此热衷，真是令人不解。想吃鱼，何不到菜场买呢？"

朋友笑笑："因为你不钓鱼，所以不知其中的趣味，钓鱼最大的快乐不是'得鱼'，而是'垂钓'。当你把鱼饵挂上钩，并尽力甩向河面，你的心、你的希望，也似乎就那么'嗖'的一声，飞往几十米外的水中。然后慢慢将渔竿插在岸边，半躺半卧地闭目养神或纵目碧水。此刻你虽然看似心不在鱼，却要保持高度的敏锐，一点点风吹草动、渔竿的颤抖和渔铃的声响都得注意。突然铃声大作，你赶紧飞身而起，抓住渔竿往回收线，收线时要忽松忽紧，鱼儿才不会逃脱。尤其到了岸边，更要特别小心，否则功亏一篑。当鱼儿出水时真是漂亮极了，只见一尾银梭，'啪啦啪啦'拍打着水面，映着天光，熠熠生辉，那种景象，即使我在梦中都难忘。当然钓鱼也有令人懊恼的时刻，那就是费了半天力气，拉上来的却是半块破布、一根枯枝，或只留下不见饵的鱼钩，令人空欢喜一场，这时我只好从头再来。所以钓鱼要放长线、下肥饵，要长期等待而不焦躁，态度从容却保持敏锐，不怕挫折且充满希望，即使空手而归也乐在其中，能修到这种境界，你还说钓鱼不好吗？”

“这大概就是钓鱼的哲学吧！”

走在阳光里

很早以前看过一部意大利电影，其中许多穷苦的人，难熬冬天的寒冷，只要看到云堆破了洞，透射出一道阳光，就赶紧跑到那一小片阳光中站着，霎时阳光不见了，别处再露出一线，大家又都挤到那里去。

时隔十多年，我早不记得电影的名字，那群穷人追逐阳光的画面，却历历如新。尤其是旅美之后，每到苦寒的日子，见到和煦的阳光，更伴随着电影的回忆，而有一种特殊的感觉。

阳光的温馨，对于不曾经历冰天雪地的人，是不容易体会的。虽然在屋里看到外面灿烂的阳光与春天的一般亮丽，推开门，却可能迎来沁人肌骨的寒冷，因而有人说“冬天的阳光是假的”。但有阳光毕竟不同，站在阳光里和阳光之外，即使只有一线之隔，也见明显的差异。

我是一个拒绝冬天的人，所以尽管到了霜叶已经落尽的暮秋，仍然喜欢在寒冷的院子里流连，这时最能鼓励我，或伴随我，且使我不寂寞的，就是阳光了！

每当夕阳西斜，阳光开始从我的小院退缩，晚风分外寒冷，我也就不得不像电影中那群“追逐阳光的人”一样，跟随着阳光移动，即使只有头能沐在阳光中，也觉得温暖许多。

而当夕阳接近地平线，屋后森林的下方全进入黑暗，唯有树梢上还留下一抹余晖时，便只有高栖的鸟儿们能够享用了！

常觉得鸟儿最勤快，也最懂得抓住光阴。才露曙色，屋里连手表还看不清呢，它们很可能已经在枝头聒噪了。

至于傍晚，一棵秃树，可能停上千百只小鸟，逆光看去还以为生满了叶子，它们的头常朝着同一个角度，那八成就是寒风吹来的方向，因为只有这样，身上的毛才不会被吹乱，也才能保持温暖。

当然，更能给它们温暖的，还是远处的夕阳。相信那正是它们站在树梢的原因。有时候夕阳几乎完全隐没在地平线下，只要最高枝上不足两尺之处有一丝黄晕，便仍然可能见到几只不愿归巢的小鸟坚守在那儿。

所以我常揣测鸟儿们的想法，它们只是为了求些温暖，还是想要欣赏夕阳，抑或居然有了惜寸阴的境界？至于它们起得最早，又是否因为巢在枝头，所以能比下面的人们更早见到晨光？

唐代的诗人常建有句“清晨入古寺，初日照高林”，正是描写晨光先照上树林高处的画面。现代的城市人怕是无缘观察到这种景色，但何尝不能改为“清晨入都市，初日照高楼”？

只是高楼往往剥夺了大多数人的阳光!

气温在冰点以下的日子，走在林立的高楼间，真不好受。因为阳光全被楼房阻隔，冷风却仍然穿梭肆虐。如果恰是下午两三点钟，阳光还能斜斜射入街心的时刻，就可以看见有趣的画面了。

只见街道有阳光的那侧，挤满了川流的人群，在阴影里的一边，则只见稀疏的过客。这与意大利电影中表现的，不是有着同样的趣味吗?

阳光的力量，确实在这样的冬日最能体现，我们甚至可以说那是锐利如刀的，它寸土必争地与阴冷的冬寒分割地盘。我曾经注意过屋边的雪地，竟然能剪出一块房影，也就是凡被影子罩住的地方都是白色，而露在阳光中的，则可能已经透出下面的土地。

尤其令我难忘的，是有一年冬天到日本旅游，独自从日光湖边的旅馆，走向中禅寺，起初一段路因为都在向阳的一面，所以没有积雪。而当我转入背着阳光的一边时，竟然路表全是滑不留足的坚冰。古诗说“南山雪未尽，阴岭留残白”，又说“潜知阳和功，一日不虚掷”，不正是这个写照吗?

于是中国人所谓“山南为阳，山北为阴；水南为阴，水北为阳”的道理，也就令人豁然贯通了。只为中国在北半球，所以山的南边总能向着阳光，而如果山夹着水，水的南边临山，由于受到山影的遮挡，所以成了“阴”。古人因为没有足够的取暖设备，对于这阴阳的观察和讲究，当然比我们深入。

西方的古人也是一样的，即使到今天，每当暮冬的时候，广播和电视里的气象专家，仍会提出他们的古老迷信："看看冬眠的土拨鼠，如果它二月二日第一次钻出地表时，看到自己的影子，被吓一跳，又逃回地洞里，今年的冬天就要往后延长六个星期了。"

其实道理说穿了，还不是因为阳光不够强，那影子还显得阴寒吗？

岂止土拨鼠如此，即使进化为人类，我们生理上仍然保有冬眠的趋向。许多人患有冬天抑郁症，不敢面对现实，不敢接受挑战，甚至连坐越洋飞机的时差反应，也与日光有关。对于抑郁症的患者和有时差反应的人，如果用强光照射，往往能痊愈，或缩短不适的时间。

当然，人造的强光永远无法比得上真正的阳光。野人献曝岂是愚者的浅见？实在有着大道理！

今午走过纽约曼哈顿的三十四街，看见许多年轻人斜靠在向阳的墙边晒日光浴，手里居然各拿着一片锡纸做的反光板，原来他们是怕斜斜的太阳晒红了半边脸，所以用反光板来借取阳光。

借取阳光？

可不是嘛！阳光是那么珍贵，使我们不但要追逐、要把握，甚至要借取！

走在路边满是积雪的第五街上，抬头看到圣派垂克大教堂，我对阳光突然有了更大的感动。我看到那夹在层层摩天高楼之间，原本应该阴暗而难得阳光的教堂，居然灿烂耀眼，仿佛闪着光辉，因为——四周的建筑采用了全面的玻璃帷幕墙，不但没有遮住可贵的冬阳，反而纷纷反射，带来了更大的光辉……

让我们都有一片能反射阳光的玻璃帷幕吧！

让这个世界的人们，都能不自私地占有阳光，而能与大家共同享受这上天的美好！

让我们珍惜阳光，站到最高枝！

更让我们惜取每一寸阳光，温暖每一片土地、每一颗心！

人生的棋局

人生就像是一局棋，对手则是我们身处的环境，有的人能预想十几步，乃至几十步之外，早早便做好安排；有的人只能看到几步之外，甚至走一步，算一步。

与高手对招，常一步失策，满盘皆输；但是高手下棋，眼见的残局，却可能峰回路转，起死回生。

有的人下棋，落子如飞，但是常忙中有错；有些人下棋又因起初考虑太多，弄得后来捉襟见肘。

有的人下棋，不到最后关头，绝不认输；有些人下棋，稍见情势不妙，就弃子投降。

棋子总是愈下愈少，人生总是愈来愈短，于是早时落错了子，后来都要加倍苦恼地应付。而棋子一个个地去了，愈是剩下的少，便愈得小心地下。赢，固然漂亮；输，也要撑得久。输得少，才有些面子。

所幸者，人生的棋局，虽也是“起手无回”，观棋的人，却不必“观棋不语”，于是功力差些的人，找几个参谋，常能开创好的局面。但千万记住，观棋的参谋，也有他自己的棋局，可别只顾找人帮忙，而误了他枰上的厮杀。

如果你不知道计划未来，必是个很差的棋士；如果你没有参谋，必是很孤独的棋士；如果你因为输不起，而想翻棋盘，早早向人生告别，必是最傻的棋士。

请问：你还有多少棋子？你已有多少斩获？你是不是应该更小心地，把所剩无几的棋子，放在最佳的位置？

画　马

小时候我很喜欢画马，某日完成了一张描绘猎人骑马登山的画面，正得意，母亲过来对我说：“马背上的人坐得太挺了，你要知道，当骑马上坡的时候，身子要向前倾，否则人跟马都容易翻倒。”

过不久，我又画了一张骑马下山的画面，母亲看了还是不满意地说：“这次你画中的人物又画得太前倾了，骑马下坡时，马固然往山下走，人却要坐得挺，如果也跟着马向前倾，就容易滑下去。”

两次得意之作，都遭到批评，我有些懊恼地说：“为什么有这么多规矩呢？反正人骑马，爱怎么骑就怎么骑！”

“你讲得不错，但是要想骑得平稳快速，不颠簸，不倾倒，不被摔下马背，不致滚落山崖，就一定要讲究方法。”母亲说，“这就好比处世，当马向高处爬时，仿佛是你得意的时刻，愈得意愈要谦恭，所以人要向前倾；至于下山，则仿佛失意时，固然是往下坡溜，你反而要坐得挺、撑得直。”

直到今天，不论画马抑或处世，得意与失意，母亲的这两句话总是我的指引。

成长

散文精读·刘墉 >>

孩子，出去找你的世界

九月初，先是岳母去大陆探亲，接着儿子回哈佛上课；十月上旬，我又陪老母到了台湾。

原先的七口之家，一下子只剩三个人。加上妻要工作，白天家里就只有三岁多的小女儿和七十多岁的老岳父了。

打电话过去，孩子一直问："爸爸、奶奶和婆婆什么时候回来？"妻则说孩子很乖，比家里人多的时候更听话，只是爱黏着她，寸步不离地跟在身边，好像怕再有大人随时可能离开似的。

放下电话，我静站了良久，想那小女儿的心境。

可不是吗，她岂知大人因为各有要事而远行？在那小小的心灵里，只知道爱她的婆婆、哥哥、奶奶和爸爸，一个接一个地离开家。她怎能没有妈妈和外公也离开的恐惧呢？

恐怕偌大的家里，只剩下她一个！

再想下去，就令我悚然而惊了。算算家里的三位老人年龄加起来超过二百二十岁，就算他们再长寿，不也可能在那小丫头二十多岁之前，一一离开吗？

还有我们这做父母的，如果照我父亲去世的年岁算，竟连再陪她十年，也成为奢想。

我心寒了，觉得四十多岁生下她，固然是无比欣喜，却也有了一种先天的遗憾，怕自己难陪她走过较长的人生旅途。

记得儿子小时候，总要我带他去“大冒险乐园”玩。先坐两三个钟头的车子，接着又得陪儿子坐那“云霄飞车”和“自由落体”各种惊险的游戏。

最初，下了360度连转两圈的“云霄飞车”后，我觉得过瘾，问他还要不要再来一次，他苍白着脸，想一下，摇摇头。

只不过两年后，再去，却由我摇了头。

而今，眼看小丫头就要长大了，必定有一天会跟她哥哥小时候一样，要去“大冒险乐园”。到时候，我怎么办？

前人说得好，少年人如同春天，一番雨、一番暖，病一次、长一次。老年人如同秋天，一番雨、一番寒，病一回、老一回。

看那孩子们，可不是病一次、长一次吗？病完了，猛吃一阵，不但原来消瘦的全补了回来，且长得更高、更壮。

相对地，中年以后的我们，则日日往下坡溜。

想到这儿，又觉得中年再生孩子，别有一番好处——父母一天天老了，需要人照顾，正好孩子一日日长大，可以负起照顾的责任。

也确实见到不少朋友，过了适婚年龄未配，就是为了照顾年老的父母。这些人常是老幺，父母年老有了他们，他们从小跟在父母的身边，眼看双亲一天天衰退，自然产生一种休戚与共的感觉，也“就近”责无旁贷地挑起照顾老人的责任。

于是，我这小小的女儿，不正将成为我未来的拐杖了吗?!

返台一个月，再拨电话去，妻说小丫头已经不再黏人，因为家里为她养了一只兔子，而且跟邻居孩子交了朋友。小丫头不是在家玩兔子，就是去邻家串门，一点都不用大人操心了。

我高兴地放下电话，突然觉得心里好澄澈、轻松。

过去常怕自己年老，孩子却离开身边的失落，但是再想想，老一辈总要先走，应该说离开的不是孩子，而是我们老一辈。当我们活着的时候，孩子即使不在身边，总能找得到。而当我们死后，反而让仍然活着的孩子，再也无法追寻。

如果我们永远在孩子心中排第一位，当我们逝去，他们将受到多么沉重的打击！如此说来，能见到他们找到自己的朋友、伴侣，又是多么值得我们欣慰的事！

于是，我想当我老的时候，坐在火炉前，会对陪在身边的孩子说：

“不要总窝在我们身边。穿上大衣，出去玩玩雪！找朋友聊聊天！你还年轻，那外面的世界正等着你去发现……”

你自己决定吧

为了搬家收拾东西，我最近真是忙得昏天黑地，可是每次问你准备得怎样了，你都好整以暇地说："不急嘛！两三下就可以弄好了。"

直到今天，距搬家公司来运东西只剩两天的时间，你才开始拿纸箱到卧室，却又不断来问："怎么封箱底？""不要的书是否要送给图书馆？""胶带没了怎么办？""前一年的笔记本要不要保留？""淘汰的书是不是扔进垃圾袋？"

这时我给的答案都是同一句："你自己决定吧！"

你应该很高兴听到这句话，记得我小时候第一次听见你祖母对我说"你自己决定吧"有一种莫名的兴奋，就像听见"王妈妈送的压岁钱，你可以留着自己用"一样地想要跳起来，因为那表示我可以做主了！

做主是多么棒的事！

做主是不必凡事去请示，做主是能按照自己想做的方式去做，做主是拥有支配的权利，做主是不必再听别人使唤。但记住：做主也是对自己的行为负完全的责任，甚至对别人负责！因为个人的行为会影响别人，所以自己做主，也就要考虑对别人的影响。譬如我是一家之主，听起来很有权威，却也要对一家人负责；譬如你母亲是入学部的主任，也是主，便要对她的整个部门负责。

于是这做主就变得不轻松了！

今天，我就要你做主，做你收拾自己东西的主！你可以对自己的东西操生杀大权，留？不留？带到新家，抑或丢进垃圾袋？全在你的一念之间！

当然，相对地，你也就要考虑怎样去芜存菁！或在抛弃一样不该抛弃的东西之后，接受它所造成的损失！尤其麻烦的是，过去你问我怎么做这个，怎么做那个，我都一一解说，今天却要你自己解决。

你说没有封箱的宽胶带，我说我有一卷，但是自己正在用，无法分给你，请你自己解决！

你可以翻箱倒柜地找、去邻居家借、请已经能开车的同学载你去买，也可以冒着雨，走路到一千米外的小店。

但！请不要问我“该怎么办”。

今天是你自己看着办！

不要觉得我冷酷，因为你已经到了应该自己对自己负责的年龄。你的书不是我的书，我无法为你取舍；你的纸箱也不是我的纸箱，我自己都分身乏术。最重要的是：你不是我，更不是我的影子，我不能为你做主一辈子！

记得我上成功岭的时候，长官曾说过一段话——“打仗的时候，上面只要求你几点几分攻下目标，而不问你的人是不是过度疲劳，不可能赶这么快！也不问你的火力够不够、粮食足不足，因为他们考虑的是全盘战况，无法一一照顾你的需要。总之，你生、你死，是你自己的事！在几点几分攻下那个据点，则是你无法逃避的责任。”

是的，责任常常无法逃避。一个成熟的人，必定是能从头到尾负责的人。因为他知道，责任是一环扣着一环的，班长无法达成排长交下的任务，排长没法达成连长交下的任务，这样一层层推上去，只要下面的人不能完成使命，上面的目标也就无法达成。而战争是关系国家安危、人民死生的，岂能有人不负责？失职的人又怎能不接受最严厉的惩罚呢？

回过头来，虽然搬家不是打仗，但是当搬家公司的车子到达时，如果你还没有整理好东西，我们全家的行动不都要受影响吗？

而隔天，买我们房子的人就要迁入，他们原先住的房子，也可能有急着搬进去的新屋主，这不也是一环扣着一环吗？

说了这一大堆，还是那句老话：

“你自己决定吧！”

哭电视

将出嫁的女儿开始搬家。先提走了三箱衣服，再拿出一盒化妆品和两个枕头、四个玩偶。最后，搬走了自己房间的小电视。

一直为女儿拉着门的母亲，看见小电视，突然掩面而泣。

女儿呆住了，匆匆把电视放下，过去安慰母亲："妈！你怎么了？"

"我看到电视，忍不住了！"

"电视？"女儿不解地说，"那是我自己买的啊！"

"我知道，我只是哭电视，不是哭你拿走电视。"母亲又抽噎了一阵，平静了，缓缓地说，"你小的时候，我们穷，没有电视，一家人总坐在客厅聊天。然后，买了电视，一家人还是聚在客厅，虽然眼睛都盯着电视，但在广告时还能聊几句。后来，你们都大了，买了自己的小电视，吃完饭就躲进房间，看自己喜欢的节目，不过我还能从门缝里看见你们。"沉默了一下，母亲摇着头、咬着唇，"而今，你老爸迷上卡拉OK，整夜不回家，在外面盯着电视唱。至于你搬家，妈为你织的毛衣，全留在柜子里；妈送你的，亲手画的画，也留在墙上，却没忘记拿走这小电视……”

女儿愣住了，想到过去二十年的种种，突然紧紧抱住母亲，相拥而泣。

铸　剑

你看过铸剑吗？烧得通红的钢条，从炉里钳出，置于铁砧上用力地锤打；投入凉水，让它冷却，又重新放进炉中。就这样一遍又一遍，直到它成为百炼的精钢、削铁如泥的利器。

钢铁就像人：受的煅烧愈久，它的质地愈韧；受的淬浸愈冷，它的意志愈坚；受的磨砺愈狠，它的锋刃愈利。所以同样是平凡的铁砂，经过不同的冶炼，有的成为生铁，铸造笨重的器物；有的成为锻铁，制造精密的仪表；有的成为钢铁，塑造刀剑与枪炮。

“再三地燃烧自己以求塑造，再三地淬砺自己以求锋利。”能这样的铁砂，才能成钢；能这样的凡夫，才能成伟人。

打　更

如果你不曾目睹，想必在电影里也见过，那旧时夜间的“打更者”。他们拿着梆子和锣，一边敲打着报时，一边反复地说：“夜深了！小心火烛！谨防盗贼！”那低沉的声音，回荡在寂静的长廊小巷，有一种特殊的味道。

“大家都入梦了，有几个人听打更的声音呢？”打更者心里明白。但是他仍然一年四季，冒着风雨霜雪，走过长长的巷弄，一遍又一遍地提醒人们：“夜深了！小心火烛！”一遍又一遍地告诉大家：“新的时辰来了！现在是×更天了！”

随着时代的进步，打更已成为过去的事，但我们在繁忙的生活当中，在昏沉而容易疏忽的时刻，仍然多么需要一位警醒我们的人，不厌其烦地告诉我们：“把握时间哪！不要出错啊！”

如果没有那么一个人，我们是不是在心灵的巷弄中，也该有一位“打更者”，随时自我提示、自我反省？

清华与古厚

近代国画大师溥心畬曾说：“画山不难于巍峨，而难于博大；不难于清华，而难于古厚。”意思是画山求突兀峥嵘的姿态容易，求连绵回环的体势困难；求秀丽明媚容易，求古朴浑厚困难。

这句话讲得真是太好了，我觉得它不但可以形容绘画，更可以比喻做人——要想特立独行容易，欲求包容化育困难；要想清新脱俗容易，欲求敦厚含蓄困难；要想崟崎磊落容易，欲求德泽广被困难；要想孤高雅洁容易，欲求蕴藉拙朴困难。

作画与做人，不是相通的吗？

迟

我有一次坐火车到水牛城去，火车离开纽约的时间比原定计划迟了二十分钟。但是当我问查票员抵达目的地的时间时，他却说要迟到一个钟头以上。

“我们只迟开了二十分钟啊！”我不解地问，“为什么会迟到那么久呢?”

“虽然我们迟开，但是别的列车并没有迟，所以在路上的许多地方，我们得停下来让别的车先过，等来等去，就非得耽搁一个小时以上了。”查票员笑着说，“火车上有句俗话：迟开一分钟，晚到十分钟。”

拳击赛

一位拳击手对我说："拳赛的时候，你必须紧紧盯住对手，即使右眼被打到，遭击中的那瞬间，左眼仍然要睁大，唯有如此，你才能避免连续挨揍，也才能适时还击。如果当时左眼也闭上了，不但不可能安全，连左眼也会跟着挨上一记。所以打拳最重要的是面对现实，即使在最困难的时刻，也要正视对手，并把握机会，随时反攻。"

"即使右眼被打中，左眼仍然要瞪大。"这是一句多么残酷又真实的话！

时间的痕迹

你想知道一棵树的年龄吗？请数数它的年轮。

你想知道一条鱼的年龄吗？请看看它的鳞纹。

你想知道一匹马的年龄吗？请摸摸它的牙齿。

你想知道一件古物的年代吗？请测验它氧化的程度。

时间在每样东西上留下痕迹，只要你细细观察，即使是一分一秒，万物都在变化。

如果有一天，日夜不再交替，叶子不再枯荣，人不再死生，雁不再去来，我们还会感觉时光的移转吗？所以时间就是改变，改变就需要时间。抓住时间，以改善自己、改善环境、改善世界，就是生命的意义。

显微与望远

同样是运用光学原理，有的人发明望远镜，以观测遥远的星辰，有的人却发明显微镜，研究身边的细菌。

同样是探险，有的人乘火箭进入太空，一探广寒的蟾宫，有的人却乘潜水艇深入海洋，发掘地球的奥秘。

所以，同样是做学问，我们可以追索遥远宽广的一切，也可以探求眼前细微的事物，可以遐想，也可以慎思。只要往深处着手，小之内，大之外，总会有所获得。

挺　胸

学生时代，有一位长辈对我说："你要成功，就得挺胸，改掉弯腰驼背的毛病。"

在那之后，我虽然照他的话做，但并不了解为什么挺胸有那么重要。所以最近当我又遇到那位长辈时，就问："自从我改掉弯腰驼背的毛病之后，做事似乎比以前顺利得多，挺胸为什么有那么大的妙用啊？"

那位长辈拍拍我的肩，笑着说："你现在终于体会了挺胸的好处。挺胸所能表现的真是太多了——美国人的挺胸是健康，英国人的挺胸是矜持，德国人的挺胸是自信，中国人的挺胸是风骨。挺胸表现了精神、魄力以及面对现实、迎向战斗的勇气。所以挺胸也是迈向成功的第一步。"

蝶的自述

我是一只五彩斑斓的蝴蝶，人人都说我美丽，但是在我记忆的深处，我曾经是一只行动迟缓的毛虫，受到人们的诅咒。

直到我自己做了一间斗室，苦苦地躲在其中，反省与自修之后，我才能拥有今天。

每当我想到过去，我便知道谦虚，我便知道同情那些行动比我迟缓的毛虫；每当我想到过去啃食叶片的举动，我便觉得羞愧，并以传播花粉来补偿我的过失。

再试一次

我们经常在正忙的时候听到电话铃响，因为没能立即接，等到慌慌张张赶去，对方却已挂断了。这时我们多半会在电话旁稍候，盼望对方能再拨一次，假使就此沉寂，总会有几分失落。

有些人打电话，如果对方没反应，会再拨一次，因为他会猜想是自己拨错了号码、电话机跳了号，或对方正忙。也因为他再拨，才把电话打通。相反，许多人打电话只拨一次，铃响几声没人接，就把电话挂上，因此错失了机会。

一次不成功，再试一次！拨一次对方没反应，再拨一次！想想自己（难免会拨错号码），想想对方（可能刚才正忙），意外的成功，常会出现。打电话如此，做任何事不都一样吗？

迎向风雨

因为有几个大学生在登山时遇到泥石流丧生，记者特别访问一位登山专家："如果在半山腰，突然遇到大雨，应该怎么办？"

"应该向岩石比较坚固的山头走。"

"为什么不往山下跑？山头风雨不是更大吗？"记者不解地问。

"往山头走，固然风雨可能更大，却不足以威胁你的生命。至于向山下跑，看来风雨小些，似乎比较安全，却可能遇到暴发的山洪和泥石流而丧命。"登山专家说，"对于风雨，逃避它，你只会被卷入洪流；迎向它，你却可能获得新生！"

为何而活

有三个愁容满面的人去请教心理医师，怎样才能使自己活得快乐些。

“你们先说说自己活着是为什么。”医生笑道。

甲说：“因为我不愿意死，所以我活着。”

乙说：“因为我想看看明天会不会比今天好，所以我活着。”

丙答：“因为我有一家老小靠我养活。我不能死，所以活着。”

医生摇了摇头：“你们当然都不会快乐，因为你们的活，只是由于恐惧、由于等待、由于不得已的责任，却不由于理想。人若失去了理想，就不可能活得快乐。”

幻想、理想、感怀

孩子们看星星，说那是一闪一闪的萤火虫，伸手就能摘到。

青年人看星星，说那是亿万颗星球，总有一天会被人征服。

老年人看星星，说那是上帝的杰作，神秘不可窥透的宇宙。

孩子们多幻想，青年人多理想，老年人多感怀。

无知的常幻想，强健的常怀理想，衰退的常感怀。

幻想、理想、感怀就代表着生命的三个阶段。

放下、放空、放平、放心、放手

新来的小沙弥，对什么都好奇。秋天，禅院里红叶飞舞，小沙弥跑去问师父："红叶这么美，为什么会掉呢？"

师父一笑："因为冬天来了，树撑不住那么多叶子，只好舍。这不是'放弃'，是'放下'！"

冬天来了，小沙弥看见师兄们把院子里的水缸扣过来，又跑去问师父："好好的水，为什么要倒掉呢？"

师父笑笑："因为冬天冷，水结冰膨胀，会把缸撑破，所以要倒干净。这不是'真空'，是'放空'！"

大雪纷飞，厚厚的，一层又一层，积在几棵盆栽的龙柏上，师父吩咐徒弟合力把盆搬倒，让树躺下来。小和尚又不解了，急着问："龙柏好好的，为什么弄倒？"

师父脸一板："谁说好好的？你没见雪把柏叶都压塌了吗？再压就断了。那不是'放倒'，是'放平'，为了保护它，教它躺平休息休息，等雪霁再扶起来。"

天寒，加上全球金融危机，香油收入少多了，连小沙弥都紧张，跑去问师父怎么办。

“少你吃，少你穿了吗？”师父眼一瞪，“数数！柜里还挂了多少衣服，柴房里还堆了多少柴，仓房里还积了多少土豆？别想没有的，想想还有的；苦日子总会过去，春天总会来。你要放心。‘放心’不是‘不用心’，是把心安顿。”

春天果然跟着来了，大概因为冬天的雪水特别多，春花烂漫，更胜往年，前殿的香火也渐渐恢复到往日的盛况。师父要出远门了，小沙弥追到山门：“师父您走了，我们怎么办？”

师父笑着挥挥手：“你们能放下、放空、放平、放心，我还有什么不能放手的呢！”

今夜会不会是最后一眼

今天傍晚，我们在院子里玩飞盘，奶奶坐在旁边看。突然，妈妈叫大家吃饭。

你把飞盘一扔，就冲向屋里。奶奶则拄着拐杖跟在后面。我大声把你叫住：“给奶奶拉着门！”

又要你站出来，站在外面，把门拉得大大的，等奶奶走进去。你嘟着嘴说肚子好饿，又怪奶奶走得太慢，让蚊子都飞进去了。我则对你说：“奶奶九十一岁了，她能自己走，已经很不简单了。”

可不是吗？这世界上有几个人能活到九十一岁？

前几天你不是还抱着妈妈掉眼泪，说等你到了妈妈爸爸这么大，妈妈爸爸都要九十了。又说：“九十岁，好多人都死了。”

那时妈妈对你说：“谁让妈妈这么晚才生你呢？所以爸爸妈妈都要好好保养，活到九十岁，陪着你。”

现在，你想想！

奶奶不是也很老才生爸爸，爸爸不是好幸运，能有你奶奶陪到现在吗？

同样地，如果爸爸妈妈都活到九十岁，而且跟你一起住，你的小孩会不会嫌爸爸妈妈太老、太慢呢？

如果他们嫌，你会不会说他们？这就是今天爸爸说你的原因了。

中国人常讲“家有一老，如有一宝”。意思是家里能有个老人，就好像有了一个宝贝，因为他们能帮许多忙。

其实你小时候，就是由婆婆和奶奶带的。那时候妈妈上班，每天一早，婆婆就和奶奶把你的小床从我们的卧室推到客厅里。在那儿看着你玩耍、喂你吃东西。

只是这些你都不可能记得。这世界上许多小朋友不喜欢爷爷奶奶、公公婆婆，觉得老人家是累赘，都因为当那些小朋友被老人照顾的时候，他们还太小，记不得。

相反地，当小朋友懂事的时候，爷爷奶奶又已经太老，于是惹得儿孙讨厌。

这些老人不是太可怜了吗？

记得前年，我们带着将近九十、八十、七十的奶奶、公公和婆婆，一起到巴哈马玩的时候，你哥哥就曾经抱怨，说去那种年轻人玩的地方，带老人家，真煞风景。

他甚至等大家回船之后，又一个人跑出去逛。

可是，你有没有看到，昨天哥哥特地跑进奶奶房间，把奶奶该洗的衣服都掏了出来，抱到地下室去洗？

你又有没有注意到，奶奶一边骂哥哥，说哥哥嫌她老了、臭了，一边又显得好高兴？

老人就是这个样子。

你希望爸爸妈妈抱抱，因为拥抱使你有安全感。

老人也希望被抱抱，因为他们老了、弱了，也需要安全感。

你会撒娇，他们也会撒娇，目的是吸引人注意。

当他们知道年轻人注意他们、照顾他们的时候，也会特别高兴。或许有一天，你会跟你的美国同学一样，说该把奶奶、公公和婆婆送进老人院，由政府照顾，免得一家人的幸福都被拖累。

但是你也可以这么想——当别人留不住老人的时候，我们能留住他们，照顾他们，真是我们的荣幸。表示我们有“爱心”，也有“能力”照顾他们。

如果不是一家团结、和乐，又有爱心，怎么能照顾得了风烛残年的老人呢？

“风烛残年”这个成语，你大概没听过，它的意思是“老人就好像蜡烛的小火苗，在风里，随时都会熄灭”。

奶奶不正是这样吗？你不要以为她还能跟你有说有笑，甚至玩“躲猫猫”，她就能永远这样。

你很可能发现哪一天，救护车来，抬走了奶奶，你就永远见不到她了。

你有没有发现，当奶奶早早去睡觉，晚上九点多听见你弹琴。她还会起来看看你?

看着她满头白发，身上带着尿臊味，慢慢地蹭到你的钢琴前面，你好几次说她吓到你，又嫌她打扰。

但是你再想想，会不会因为奶奶心里知道，随时可能一睡不起，而希望多看你一眼呢?

她每次看你，都可能是最后一次看你，也可能是你最后一次看她啊!

孩子！你要知道:

没有奶奶、公公和婆婆，就没有爸爸和妈妈。

爸爸妈妈小时候，跟你一样，希望他们能活得长长的，陪我们。如果你希望爸爸妈妈也能活到很老很老，你就要用你爱奶奶、公公和婆婆的行动，来证明——让爸爸妈妈知道，即使有一天我们老得不能动、老得会尿裤子，你还是会爱我们、照顾我们。

而且，你会教你自己的小孩，爱我们，如同爸爸现在教你要爱奶奶、公公和婆婆一样。

做个公主与王子

二十七年前，我应弗吉尼亚州丹维尔美术馆的邀请去做“驻馆艺术家”，住在馆长詹宁博士的家里，总是跟着出去应酬。

我恨透了应酬，尤其是拿着高脚杯，站得人挤人的餐前酒会，因为一边跟对面的人聊天，一边还得用眼角余光注意有没有别人跟你在打招呼，还得装出一副笑脸，笑得嘴角都酸了。我当时的英文奇烂，偏偏他们用的词汇一个比一个深，好像不艰深，就显不出学问和高贵的样子。

他们确实有不少是英国贵族后裔，移民来美之后就世世代代留在那个保守的弗吉尼亚小城。正因此，他们保留了一堆“老规矩”。

譬如有一次我去一个豪宅用餐，东西上来，我看女主人已经拿起汤匙，就也跟着开动。

才回到家，詹宁博士就说我下次要知道，必须等女主人先尝，然后对站在旁边的女侍点头之后，才可以开动。如同喝酒，侍者会先倒一点点在主人杯里，由主人先尝，表示味道可以，侍者才继续为大家注满。所以如果我当主人，一定要先开始试酒，否则倒酒的侍者会站在旁边无所适从。

在那群保守的英国绅士淑女间，我生活了好几个月，发现他们经常聊天的话题，是种花莳草和烹饪。他们总是呼朋唤友地到不同人家的花园赏花，再一起剪花进屋插，对于每种花都一清二楚。至于烹饪，则好像能显示身份，能尝得出酒的产地，猜得出年份，能用法语、意大利语说出菜名，甚至讲出烹调的方法，更是叫人佩服。

那些贵妇还有个常聊的话题，就是对各家孩子评头论足。我发现，她们总强调一件事——哪家经常办派对。

似乎常办派对人家的孩子特别有身价。

有一天，我实在憋不住了，问她们为什么要这么认为。

一群贵妇居然瞪大眼睛，异口同声地说："当然。"然后你一言我一语地讲：

"常办派对，表示家里格局大。"

"常办派对，那孩子见的世面和人头当然广。"

"常办派对，人家的孩子总要出来招呼，派对前要安排布置，派对后要收拾整理，就算有仆人做，孩子也得帮着监督花怎么摆、客人怎么坐、银器怎么排，以及酒会和正餐间客人移动的路线；还有大派对，从下午两三点开始，先在外面吃点心喝茶，还要做游戏，那孩子如果连网球都不会打，怎么撑场面?”

最后，她们下结论：

常办派对人家的孩子特别干练，将来女孩子能帮丈夫应酬交际；男孩子的EQ（情商）好，事业一定能成功。

当然这也不一定，我就曾去一个豪门参加酒会。会中有人提到主人家的小姐钢琴弹得好，要那小公主演奏一曲。

岂知小公主要起公主脾气，扭扭捏捏，说她没有熟的曲子，不愿表演，连女主人、男主人联合劝都不成，小公主一生气，居然还跺着脚跑掉了。幸亏有宾客把尴尬的场面化解，改变目标，说：“哎！在座的某某小姐不是也喜欢弹琴吗?”接着大家的视线全转到一个十四五岁女孩的身上。

那女孩一笑，说她事先没准备，恐怕弹不好，请大家别期望太高，然后大大方方地走到钢琴前，先报出曲名，再坐下演奏。

她果然不太熟，演奏中间忘了好几次，想了想，再继续弹。但是弹完起身，对大家嫣然一笑致歉，换得的是满场热烈的掌声。

后来接连好几天，我都听见大家议论，说当天那“大家闺秀”小气得成了“小家碧玉”；反而是“小家碧玉”大方得犹如“大家闺秀”。

由此可知，不见得豪门就出“大家闺秀”，皇宫就出“公主”。即使家里经济状况很不好，如果能表现得大方、脱俗，也能给人大家闺秀的感觉。

多年之后，我回老家，发现大概因为经济富裕，孩子又生得少，家家的孩子都成了小王子、小公主。有时在公共场合，耍起少爷小姐脾气，一点不给父母面子。我就想，大人们在宠孩子的同时，是不是也该想想，要宠出个放肆无礼的小太妹、小霸王，还是造就出个大家闺秀、彬彬少年？

当孩子成为青少年，师长是不是应该带领他们走向成熟？譬如父母不在时，要孩子出来扮演主人的角色。孩子开始要学习大方地应对，并在众人前隐藏自己的情绪。我甚至想，父母为了训练孩子，应该偶尔在家里开个派对，或尽量带孩子出去应酬，使他们多些阅历。

从孩子的角度想，就算父母没时间带出去，也可以想象家里有访客，自己做心理上的训练。检讨一下：

如果明天有客人，浴室里的毛巾、皂盒是不是要放整齐？牙刷牙膏是不是用完要放进柜子里？

马桶盖是不是要用完就盖上？

掉在地上的头发是不是要随时捡起来？

床有没有铺好？枕头有没有放正？装饰枕头有没有斜靠在床板上？

书桌书架是不是随时在整理、归类？相框的灰尘有没有擦干净？

是不是能帮忙收拾客厅，把不必要的东西放好，把窗帘拉到相同的斜度与高度，将沙发上的枕垫摆在恰当的位置？

当客人来的时候，是不是能抢在前面，出去开门，帮忙递拖鞋、挂大衣？

还有，自己是不是能参与摆餐具、餐盘的工作，为每人放好餐巾、帮助上菜，并且在用餐时端正地坐着、优雅地说话，随时为别人递胡椒或餐盘？

每个女生都可以想象自己是公主，每个男生都可以想象自己是王子。

问题是，当公主与王子是很辛苦的事啊！每个做公主梦、王子梦的，都得自我检讨——

我有没有训练自己成为我梦想的人物？

抑或我的行为反而与我的梦想背道而驰？

爸爸不能帮你

爸爸从台湾回来，才进门，就听你抱怨自己参加的大颈区海报比赛不公平。

“好多同学都是哥哥姐姐帮忙画，还有爸爸妈妈帮忙的呢!”你气呼呼地跳坐到沙发上说。

“帮忙又怎么样?”我对你笑笑，“帮忙就会画得比较好吗？你不是很会画吗?”

“可是我不会设计颜色。同学有人帮忙的都画得好漂亮、好鲜艳哟！跟他们比，我怎么能得奖呢?”

“得奖又怎么样?”我再问你。

你一下子跳了起来，大声说：“得奖就有奖金。”

这时候你妈妈也过来说：“是啊！这次是水利公司办的，叫小朋友以‘怎么省水’为题，设计海报，一共三个年级，每年级取两名，是有奖金的。”又安慰你说，“你也画得很好啊！待在书房一下午，一点声音都没有，画了一张很不错的东西。”

“不好！不好！”你叫了起来，“妈妈都没认出来我画的洗澡盆，我一定不会得奖。”隔了好一阵，你又加了一句：“都怪爸爸不早几天回来。”

这下子我懂了，原来你发脾气，是怪爸爸没早几天回来，帮你画海报。

那么，让爸爸告诉你一个故事吧：

爸爸从小也很喜欢画画，画那种跟你很像的，先用笔勾出轮廓，再加上一点颜色的画。

每一次小朋友的画画比赛，爸爸都去参加，可是从幼儿园到初中三年级，十一年间，爸爸没得过一次奖。

到现在，爸爸都清楚地记得，每次比赛成绩公布，爸爸站在布告栏前面，看别人得奖作品的感觉。大家画得颜色都好重、涂得好满。爸爸那时想：我不会这么画，看样子永远得不了奖了。

高中，爸爸终于去找老师学了画。居然才学三个月，就参加全省学生美术展，得了大专高中组的第二名，连大学美术系的学生都输给了爸爸。

但是爸爸很心虚，一点没觉得真赢了，因为参加比赛的那张画是照着老师画稿画的。

接着，爸爸得了肺病，休学在家养病。那时候，爸爸已经能临摹得很像、很漂亮，奶奶常把画拿去送朋友。可是，爸爸不愿意只是临摹，宁愿自己想、自己画。

你奶奶有一天很不高兴地说：

“你为什么不照老师的画？自己画得多难看？”

爸爸从来对奶奶都很有礼貌，那天却大声地顶撞她：“我不要！我要画我自己的。”

回想起来，那时候爸爸真是画得很丑，好几次想放弃，回头照着画稿临摹。可是每次想起得到的奖状，是抄袭得来的，爸爸又决心坚持到底。

隔了一年，爸爸居然再一次得奖，同样拿了第二名。爸爸把奖状框起来，挂在墙上，越看越得意。为什么？因为那是“我真正的胜利”。

现在，我要问你，你明明能自己画，却希望爸爸帮忙，就算帮你画好了，得了奖，你会觉得光荣吗？你不会跟爸爸那次一样心虚吗？

而且，你要知道，真正儿童画的专家，他们一眼就能看出是不是小朋友自己画的。

好比幼儿园的小孩，如果画车子里坐着人，他们一定会画一整个人坐在那儿，而不是先画好车子，再在车窗里加人。他们画游泳池，也会把每个游泳的人的身体画出来，再涂水。

连你画树的时候，不是都先画树干，好像一截粗粗的木桩子，再在顶上加些细细的小树枝，然后才画叶子吗？

如果幼儿园的小朋友，在大人的帮助下，画了不是他年龄能画的东西，专家当然一眼就看出来了。

你怎么不想想，很可能那些找人帮忙的同学，原来明明自己有很好的构想，只因为别人帮忙加了几笔，反而露了马脚，失去了得奖的机会呢?

最重要的是，你要知道自己去想、自己去画。永远不要羡慕别人，看别人怎么做，就一下子放弃自己原有的点子。

你也要知道，画得好、写得好，都不难。经过勤苦练习，多半的人都能达到。但是真正成功的画家、作家，必然因为他们画出了、写出了跟别人不同的东西，一看就知道是他的作品，而且说出他的心声，令人感动。

当然，我知道你早就不怪爸爸没帮忙了。

因为今天在大家的掌声和记者镁光灯的闪亮中，你已经从水利公司总裁的手里接到奖状和五十块钱的奖金。

你也看到每个得奖小朋友的作品，都那么稚拙、天真，没有一点点大人帮忙的痕迹。

恭喜你得了第二名。

那是你真正的成绩，一点都不假!

穿出你的品味

“是你新买的三角裤吗？”我昨天晚上在柜子上看到一大包三角裤，于是问你妈妈。

“不是！是给女儿买的，但是买错了，要拿去退。”妈妈回答。

“为什么？”

“因为女儿要比基尼式的三角裤，她外面穿的裤子都是低腰。”妈妈说，“这种高腰的三角裤会露出来。”

可不是嘛，我最近总看到你露个肚脐，今天中午你一边绑头发，一边走出来，也看你露着一截肚子，我当时开玩笑地说你是“露肚脐娃娃”，你还不高兴地回我一句：“不是故意的。”

问题是什么叫故意的呢？就算你不是故意举手过顶，使那短小的上衣往上，而露出一截肚子，总有可能伸手拿高处的东西，或像今天绑头发，就露出肚脐呀！

当然我不是说露肚脐不好看，我没那么老古板。你妈也常教育我，说她前些时候去一家做客，那家的女儿衣服更短，肚脐上还戴了个环，有客人笑说好时髦，那女生耸耸肩，对着那人，嘴一张——

天哪！她舌头上居然也有个环。

“所以啊！”你妈妈说，“现在年轻人想什么，做什么，真是管不了。”

这也让我想到你哥哥高中的时候，有一天一只耳朵上居然挂了个耳环，我吓了一大跳，忍着没发作，还故作开明地笑了笑。

但是从那天起，我吃饭时就换到他没戴耳环的那一侧坐。所幸过不久，他就摘了，而且从此再也没戴，说“这个时期已经过了”。

我很同意“时期过了”这句话，因为每个人，包括我在内，都有那样的时期。随着年龄的增长、生理的发育，每个人对服装的选择都会改变。

你在小学中年级的时候，特别爱穿欧洲古典式的长裙，还得意地说同学都讲你是真正的公主，因为天天都穿漂亮的裙子。

但是到了高年级，你就改了，把原来觉得暗而拒穿的蓝色夹克拿出来穿，而且再也不穿裙子，改穿长裤，说裙子太不方便。

初中开始，你的毛病更多了，以前由妈妈前一晚帮你挑好衣服，突然不行了，你要早上自己挑，而且妈妈给你买的衣服，你全不满意，统统退。于是衣服变成要由你自己去买，而且买了些妈妈说她怎么想都不会想到的衣服。

记得才不久前，我发现总有亮晶晶的东西粘在脚底，又想不通是什么。直到有一天，看你穿一条闪亮亮的牛仔裤，才搞清楚那些亮晶粉都是从你裤子上掉下来的。

可是没过几个月，就不见你再穿那条裤子，而开始穿绞染的花T恤和纯棉低腰的浅色裤子，那裤腰上绑着细带子，我初看还以为是睡裤。

不过我觉得你那么穿真是很青春、很美，只是也有点担心，不知再过些时候你又会换成什么打扮。

对于穿衣服，我和你妈很民主，因为我们都是年过半百的人，很难知道你们这些小女生心里想什么，而宁愿由你自己去决定。

不过我也要告诉你，人穿衣服有几个过程——

小时候，你希望穿得像公主，因为那是由父母打扮你：打扮得漂亮，表示你受宠。

大一点，你开始要方便，觉得自由才最重要，那表示你开始一步步离开父母身边，走向独立。

然后，你有了自己的想法，要穿得酷、穿得帅，表现出你的个人品位。

再下一步，你可能要穿得大胆，穿得吸引人，甚至说得更明白一点，要穿得能吸引异性。

我必须说，这些都没错，因为那显示了一个生命的成长、独立和寻偶本能。只是我也得早早强调，你的衣服无论如何都要与你的年龄、身份和穿着的场合相当。

举个例子，一个二十多岁的女生，穿得比较性感，显示她的青春魅力，可以吸引到终身伴侣。但是当她结婚了，三十多岁了，还刻意穿得性感，那性感又属于露骨的一类，就不对了。

同样的，如果你今天是个中学生，穿得性感也不妥当。因为你是学生，你的职责是好好念书，而不是求偶，所以像你现在穿出自己的品位固然好，如果往露的方向走就不妥了。

噢！对了！我昨天看到你们毕业旅行的规则，真棒！

我尤其欣赏无论男生女生，都不准有勾肩搭背的动作，不准单独行动，还有不准穿“意大利面条衣”那几项。

我原来还不懂，问你妈妈才知道，那是说不能穿像意大利面条似的两根细细肩带的上衣。

谁说美国学校开放？美国的开放也是有原则的啊！

使人惊艳

前年十月，当我回台湾的时候，刚到肯尼迪机场就觉得有什么特殊人物将要出现，接着看见一个高挑的女孩，在许多人的簇拥下进入贵宾室，她戴着深色的太阳眼镜，很神秘的样子，打听才知道，竟是玉女红星波姬·小丝。

这个“漂亮宝贝”是我到美国不久就知道的，先是看她的电影《青春珊瑚岛》，接着听见有关她幼年时拍艺术照的风波，又知道她进入常春藤盟校的普林斯顿大学，且看见她参加慈善的马戏表演，在绳索上做各种惊险的动作。

起初我只晓得波姬·小丝是美国少男少女崇拜的偶像，后来回台湾，甚至在北京，居然也四处看见她的海报，才惊讶她的魅力之大。

但是眼前的“漂亮宝贝”，穿着朴素的衣服，在母亲的陪同下，安安静静地坐着，连头都不怎么转动，丝毫见不到大明星的光彩，倒令我半信半疑起来。直到在桃园机场，看见许多鹄候已久的记者，才确定看起来平凡的女孩，果真是波姬·小丝。

晚上打开电视，正看到她记者会的新闻，我吓了一跳，那浓眉大眼、青春亮丽的美女，真会是那个等飞机的毫不起眼的丫头？只觉得她一路上都躲躲闪闪，像拿黑布遮起锦缎衣服般，不愿露出一点光彩，而且在下飞机后拒绝记者采访，怎么现在竟脱胎换骨般，变了个人呢？

细听新闻内容，才知道波姬·小丝早上躲过记者群，一头冲进酒店，养足了精神，请专人整理头发、化妆之后，才在酒店里举行记者会。她露面了，但没有在二十个钟头飞行后的憔悴时，而是在充分休息与准备之后，所以她得到了预期的反应——惊艳！

“使人们惊艳！”这是不论女孩、男孩，漂亮的、不漂亮的，都应该学习的一件事。也就是不要在自己最弱的时刻曝光，使人们有较差的第一印象，而应选择最有利的时机，展现美好的一面。

美好的第一印象，常能带来以后的成功。即使是童话中的灰姑娘，当她穿着漂亮的衣服、蹬着精巧的水晶鞋，走下南瓜变成的礼车时，也是令人惊艳的。

若不是这番惊艳，灰姑娘能获得王子的青睐吗？不可能！事实证明，换下了漂亮衣服和水晶鞋，重新走到厨房，便没人认得出她是前夜令人惊艳的美女。幸亏留下了水晶鞋，才能找到她。

每个人的条件差不多！尤其是今天，教育普及，生活富裕，大家才能都获得充分的发挥。加上人口越来越多、竞争越来越大，要想鹤立鸡群，已经办不到，因为人人都是鹤。所以真想崭露头角，往往要靠“令人惊艳”的功夫！

或许你要说：“我不艳！如何惊艳？”

那么我要告诉你：每个人都有与众不同之处，在恰当的时机，把你特有的美好一面表现出来，让别人惊讶地发现，就是“惊艳”！

“惊艳”可以是一种瞬间优美的展现，令看到的人难以忘怀。早期现代诗人戴望舒，写过一首在下雨天的小巷里，与一位少女擦肩而过，少女又飘然消失在巷子尽头的诗，美极了！

就是这种神龙见首不见尾式的惊艳。

惊艳，也可以是订好计划、一鼓作气、掌握高潮的表现，譬如一位主持人介绍歌星出场：“现在让我们欢迎蔡琴小姐，她曾经演唱《金大班的最后一夜》的主题曲，相信是大家都难忘的！”

另一位主持人说：“《金大班的最后一夜》，相信许多人都看过了，尤其主题曲，更是令人难忘，现在就让我们欢迎原主唱人蔡琴小姐！”

两相比较，当然后者能引来更热烈的掌声。道理很简单——把高潮集中在后面，一鼓作气地引出；至于前者，则有“再而衰，三而竭”的缺点了！

正因此，演说家们都知道，即使早到会场，也应该避免曝光，否则你去跟这位听众握握手，跟那位朋友打个招呼，真到开讲，大家早疲了，远不如准时到达，立刻上台，能引起轰动。这也就是惊艳！

当然更有许多人用非常的手段，达到非常的效果。譬如唐代的大诗人陈子昂刚到京城的时候，没人认识他。某日有人当街卖古琴，要百万的高价，陈子昂毫不犹豫地买下。旁观的人都惊问买琴的原因，陈子昂说：“因为我擅长弹古琴。”人们又问：“能不能演奏一曲呢？”

陈子昂则说：“明天吧！”

第二天当大家都到了约定的地方，陈子昂早准备好酒菜，并捧着琴对众人说：“我陈子昂有文章上百篇，不为人知。这种乐工的小技，算得了什么？”说完便把琴砸碎了，并将文章分送给众人。一天之内，就名满京城。

听了这许多“惊艳”的故事，你有什么感觉？

在这茫茫人海之中，你又该怎样展示自己，使人惊艳？

记住！先认识自己的长处，不要急，不要慌，选择最适当的时机和场合，将之淋漓尽致地表现出来！那么——

即使你是沉潜已久的灰姑娘，也将有出头的一天！

回馈的爱

你一定常听我谈起兰屿的风景，但我要告诉你，兰屿给我印象最深的，不是山水，而是海边遇到的一家人！

那是一个傍晚，我在兰屿的海滩散步，看到一家人正蹲在地上整理刚网到的鱼。他们把鱼小心地分成四堆，也可以说是四种等级。

“为什么把鱼分开来摆呢？”我当时好奇地问。

男人用生硬的国语，指着最好的一堆鱼说：“男人鱼！”又指指剩下的两堆鱼说：“女人鱼！小孩鱼！”最后指着那显然又少又差的鱼说：“老人鱼！老人吃的！”

十五年了，那海边一家老小的画面，至今仍清晰地映在我的眼前，甚至可以说，深深烙在我的心上。

我常想：为什么老人家要吃最差的东西，又为什么当时那老人家，竟抬起头来，对我一笑？

今天，我到朋友家做客，再一次受到这种震撼！

晚餐之后，我指着桌上的残羹剩菜，对主人客气地说：

“您准备得太丰盛了，剩下这些，多可惜！”

岂知主人才六七岁的小孩竟毫不考虑地搭了腔：“不可惜！奶奶吃的！”

“我婆婆等一会儿出来吃！”女主人说，看见我十分惊讶，又解释，“她不喜欢一起吃，叫她吃好的，她还不高兴，只有剩下来的，她才吃，而且吃得高兴！”

孩子！现在我坐在桌前给你写信，想到今晚的那个画面，禁不住流下泪来！我要再一次问：

为什么？

为什么？

只因为老人家没有了生产力，就该吃剩的？该吃坏的吗？

只因为老人家“自愿”“高兴”，我们就任她自生自灭吗？

相信你一定读过我在《点一盏心灯》里写的《爱吃鱼头》那篇文章。老人家临终前，几个朋友烧了她最爱吃的鱼头去，却听到老人瞒了十几年的秘密：

“鱼头虽然好吃，我也吃了半辈子，却从来没有真正地爱吃过，只因为家里环境不好，丈夫孩子都爱吃鱼肉，只好装作爱吃鱼头。”

这是一个千真万确的事，故事中的老人家有幸在临终前说出心底的话，问题是这世上有多少为家庭牺牲的父母、尊长，就在晚辈的一句“他自己喜欢”的漠视下，慢慢凋零了。

是的！他们是在笑，因为自己牺牲有了成果，而快乐地笑！

但晚辈们看到那笑，是不是也该笑呢？

还是应该自惭地哭？

我为《中国衣冠之物的精神》进行评估，在读了一百多万字的专家论文后，印象最深的，竟然是论文里提到西方社会学家，于1937年起，在中国多年调查的结果：

> 不要以为中国农村有许多三四代同堂的大家庭，事实上几乎没有！主要的原因是农民寿命太短，平均在五十岁以下，活不到多代同堂的年龄，又因为贫穷而缺乏维持大家庭需要的财富。

你能相信吗？这个中国自古就盛行“多代同堂”的说法，竟然错了！那是理想，不是事实！

父母、尊长平均活不到五十岁，这是多么可悲的事！问题是，父母不能甘旨无缺、安享天年，难道不是做子女的耻辱吗？

过去穷，我们没有话讲！

今天富，我们该多么庆幸。可是在我们庆幸的时候，是否该想想自己有没有真尽孝，抑或是创造了一种假象？

记得有一次，你抱着一碗鱼翅当粉丝喝，我很不高兴地说：“那是留给奶奶的！”

你则理直气壮地说："奶奶说她不爱吃，叫我喝光算了！"

你有没有想过，奶奶是真不爱吃吗？还是"爱你"，而特意留下来？你应该知道，牙齿不好的奶奶，最爱吃的就是能滑溜入口的鱼翅汤了！

记得我们每年冬天都排列在窗台上的柿子吗？

为什么柿子一买就是十几个？因为我发现只买几个的时候，你奶奶知道我爱吃，总是先抢着吃香蕉，等我叫她吃柿子时，就推说自己早吃过了水果。

只有当她发现柿子多到不吃就会坏的时候，才会主动去拿。

你一定也总是看见我为你奶奶夹菜，她拒绝，说不要吃，我就把筷子停在空中，直到夹不稳而要掉在桌上，她才不得不把碗伸过来。

你注意，她哪次不是高兴地吃完呢？

你也必然见到，当菜做咸了，大家不吃，她却抢着夹的画面。我用筷子压住她的筷子，以强制的方式，不准她吃，因为血压高的人，最不能吃咸！

"瞧！有这样的儿子！不准老娘夹菜！"她对着一家人抱怨。

你有没有注意，她是十分高兴地说这些话？

所以，今天我要隔海叮嘱你，希望你能注意家里公公、婆婆和奶奶的饮食，我不在，你母亲又常加班，这就成了你的责任！

当我们小时候，长辈常用强制的方法对待我们，叫我们一定吃什么，又一定不准吃什么！他们这样做，是因为爱护我们！

而在他们年老，成为需要照顾的“老小孩儿”时，我们则要反过来模仿他们以前的做法——

用强力的爱！

这不是强迫，而是看穿老人家装出来的客气，坚持他们接受晚辈的孝敬！

如此，当有一天他们逝去，我们才可以减少许多遗憾！因为我们为天地创造了一种公平、回馈，以及——

无怨无悔的爱！

只因为我看到

“孙长珍小妹妹的眼睛已经完全看不见了。”

昨天，燃灯助学基金会的张阿姨在电话里告诉我。

我是去年秋天到贵州去看“帆轩四小”的时候，见到长珍的。

那一天，虽然早说好不要有欢迎的仪式，但家长们仍然穿着苗族传统的服装，唱着歌，递给爸爸一杯又一杯他们酿的美酒。几十个小朋友则摇着小小的红旗子，欢迎我和当地教育官员的到来。

每个小朋友都露出纯真的笑容，我跟他们一一握手，在低年级的小朋友中，握到一个高个儿女孩子的手，她没有笑，茫茫地看着正前方。我细看，发现她两只眼睛的“黑眼珠”都是白的，只有左眼，在一片翳障之间，略略有些透光的地方。

“你的眼睛怎么了?”我问她。

“快看不见了。”她小声地说。

“还能读书吗?”我又问。

她没答。

“有没有去看医生?”我再问。

她隔了好几秒，才挤出两个字，又因为乡音很重，我没听懂，还是在一旁的校长补了一句：“她说‘没钱’。”

我当时没有多说，进教室听小朋友致欢迎词，跟校长老师们讨论建校的事情，接着在门口合影。可是我心里一直惦记着的，是那个半盲的小女孩。

临走，小朋友又排队送我。我特别在队伍里找，找到她，问她的名字，知道她叫孙长珍，今年十一岁。然后，我蹲下来，蹲在她的面前，拉着她的手，对她说：“没钱，没关系，叔叔帮你找医生。”

我坐的车子，驶离校门，开上那崎岖不平的乡间小道，校长和几位老师走到车边挥手。我又摇下车窗，对校长说：“叫长珍放心，我想办法为她治。”

隔天我去了遵义，再隔一天，飞去北京，但是已经拜托贵阳西西弗书店的朋友，把长珍带去贵阳眼科医院检查。

报告立刻传到我手里，但不太乐观，说她只剩左眼还有0.15的视力，双眼角膜都有白色混浊，虹膜与角膜都有粘连，瞳孔又被牵拉变形，眼底则无法看得见，还不知道网膜的情况……我不死心，回台湾之后，又请北京的曲阿姨，把长珍的检查报告拿去著名的协和医院，医生看了也摇头，说虽然可以角膜移植，但是不能恢复视力，因为长珍眼疾已经拖了五六年，有了弱视，又可能有“继发性”的青光眼……

回到纽约，我立刻把这消息告诉燃灯助学基金会的朋友。多令人感动啊！燃灯的张温洳阿姨不但在今年春天亲自去了贵州惠水，还带了医生，再为长珍检查。

只是，去的医生也摇了头。

“长珍立刻就哭了。”张阿姨回来说，“我也好伤心，可是能怎么办呢？所以给了她一些钱，安慰她。”我和你妈妈还是不死心，向美国医生请教，开医院的王绪伯伯说把病历给他，他去找眼科医生研究。只是，检查报告都太不完整了，没有很详细的说明，也没有清楚的照片，单凭那简简单单几行字和一张普通大头照，医生很难判断。

就在这时候，也就是昨天，我们得知：

长珍已经完全失明。

难道她此生再也看不到了吗？难道我们就此完全放弃了吗？

许多朋友说：这世上需要救治的人太多了，我们可以去捐建更多学校，让更多孩子能读书，不必为一个孩子花那么多钱。但是，我也想到台湾的“慈济上人”，帮助长江水患的灾民重建家园，有人问她为什么那么做时，她说：“只因为我看到。”

是的！孩子！

只因为我看到，只因为我们知道，只因为她是我们捐建的

“帆轩四小”的学生，在这茫茫人海中，我们居然能相遇，有这样的缘，我们就该尽力。

昨天，我想了一夜，决定把长珍接到北京，再做一次详细的检查，能换角膜就换，即使不能保证成功，也要试一次。

孩子！

“只因为我看到！”这是一句多简单又意味深长的话啊！如果这世上的每个人都能“只为看到”而去帮助那需要帮助的人，即使每个人看到的只有一两个人，加在一起，不就是全人类帮助全人类了吗？

孩子！我多高兴啊！

今天傍晚，当我跟你说长珍小朋友的事，你先低着头听，隔了一阵，抬起脸说：“长珍什么时候去北京检查？我也想去看她。”

（注：刘墉先生已在大陆捐建40所希望小学。孙长珍小妹妹的眼睛，经过北京同仁医院诊治已经有一只复明。）

小心！这里有个台阶

今天傍晚，你跟我在院子里玩，发现修矮墙的工人用完水管居然忘了收好，使那水管正好横过我们侧门的走道。你一边跟我合力把水管卷好，挂回墙上，一边责怪“工人怎么这么粗心，幸好没人被绊倒”。

我很高兴你那么说，不是高兴你会责怪人，而是高兴你能知道“为他人着想”是一件重要的事。只是你知道吗？你平常也可能犯像那些工人一样的错。

譬如昨天，你放学回来，进门就把书包往楼梯上一扔，又摘下腰包丢在走道上，不是就跟工人们犯了一样的错吗？

如果公公婆婆不小心，或者爸爸急着跑下楼，一脚踩到你的书包，或被腰包的绳子钩到，不是就麻烦了吗？

还有，你记不记得，我会叮嘱你，用完浴室，一定要把门关好，或是把门完全打开，千万别让门呈90度角挡在路中间，免得我走出书房，没注意，一头撞上去。

其实我已经撞了一次，只是不好意思，没跟你说，怕你笑我为什么一边走路一边看书，那么不小心。

对！都怪我不小心。

许多意外都是因为出意外的人不小心，譬如马路上有个“人孔盖”没盖好，就可能有人不小心摔了下去。

你可以说是那个摔下去的人不小心，但是从另外一个角度想，如果那“人孔盖”能够被小心地盖好，不是就不会有意外发生了吗？同样的，如果你把浴室的门关好，我不是就不会撞上了吗？

所以我们可以说，每个不小心造成的灾祸当中，都可能有另外一些不小心；如果大家都能小心一点，为别人着想，那不小心就能减到最低。

正因此，我常叮嘱你，不可以在“动线”上放东西。

什么是动线？动线就是人们总经过的路线。

你知道室内设计最重视的就是动线吗？一个好的室内设计使每个人都能在其中顺畅地走动；不好的设计则可能左边多出个柜子、右边又伸出个桌脚。

中国人讲究的“风水”，跟动线就有很大的关系。你想想，如果一个人天天在家里左边撞一下，右边躲一下，稍不小心就要受伤，再不然左边伸出个尖，右边冒出个角，使其中的人总是吓一跳，时间久了，能不影响情绪，甚至影响身体吗？

同样的道理，我们平常放东西也一定要注意动线，在大家常走动的那条线上，你绝不能随便扔东西，尤其那些有绳子、带子的东西。还有，你的书也不能随地扔，因为厚书能绊倒人，薄书能滑倒人。不信你试试，把一本杂志放在地上，用脚在上面移动一下，你会发现那杂志因为用铜版纸印刷，一页与一页之间摩擦时，一点阻力也没有，滑得像溜冰场一样。

想想，如果哪一天你急着跑去接电话，一脚踩在这么一本杂志上，能不摔倒吗？如果你摔倒时，又撞到旁边的柱子、柜子，那后果会如何？

我就曾经看过，一个因为前面人不小心造成的灾祸。

那一天我到超级市场，看到有个女人正拿着地板清洁剂，一罐一罐看，还打开一罐，喷了一下。

接着，不超过两分钟，就听见一声尖叫、一声巨响，一个顾客躺在地上。

当救护车把满脸鲜血的受伤者抬走时，我看见那个试用喷剂的女人也躲在人群中。我相信那个摔倒的顾客，八成是踩到了那个女人喷在地上的清洁剂。

你说，她这么一个不小心，可能造成严重的伤害，甚至可能夺去一条命，就算没人知道，她的良心能不受谴责吗？

这么多年来，我常想起那一幕，也常自责——如果我当时能警告那个女人，阻止她随便喷或劝她喷了之后擦干净，说不定就不会有后来的悲剧了。

所以，今天我要叮嘱你：

我们要总为他人着想，别因为自己的“不小心”，造成别人的“不小心”和永久的“伤心”。

我们甚至在发现路上有障碍，可能造成别人危险的时候，主动把障碍移开；在自己差点没看清楚台阶摔倒时，立刻告诉跟在后面的人：

小心！这里有个台阶。

雪地上的脚印

从吃完晚饭，你就一直在打电话，叫一遍不听，叫两遍不听，叫三遍不听，直到我吼："你要打电话，就出去打！""砰"的一声，你居然真冲出门去。

外面正下着大雪，奶奶赶紧跑去看门边的衣柜，唯恐你没披外套。妈妈趴着窗子张望，看你是往哪个方向跑。我则愕然地坐在客厅，想起电影《绳索》中的一幕：淳于意对着自己"爱之深，责之切"的徒弟喊："你给我滚出去！"那跟在师父身边十几年的徒弟，居然真卷起铺盖扭头就走。

我始终记得老演员王引颤抖的声音："养了他十几年，这么一句话，他就真走了！"

王引演得多好啊！那眼神中的愤怒、茫然与失落，不正是我此刻的心情吗？

儿子！最近我们为你老打电话，已经吵过不知多少次了！电话居然值得你如此伤害和父母的情感吗？

或许是气话，你说完就忘了！但你要知道那会多伤父母的心哪！

记得前两天，我们怪你花太多电话费时，你顶嘴的话吗？你说："花多少钱，我自己出，可以了吧！"

你又还记得妈妈请你帮忙打一封信时，你的抱怨吗？你说："噢！我的东西，要自己打；你们的，也要我打！"

于是我想，大概有一天，当你能赚很多钱，再和我们闹别扭时，可能会说："这样吧！算算从小到大，我总共花了你们多少钱？吃了多少奶粉、穿了多少衣服，我开张支票，一次付清，两不相欠！"

然后你也可以跟淳于意的徒弟一样卷起铺盖，扬长而去，成为天地间一个真正独立自主的男子汉！不是吗？

过去我读弗洛姆谈爱的论著，说子女的成长，指向与父母的分离；又在分离之后，指向与另一个个体的结合，成为新的家庭。读的当时我没什么感触，但是今天，看着你一步步离我们远去，便开始用弗洛姆的理论安慰自己：

"这是当然的嘛！孩子大了，有他的主见和叛逆性，为的是脱离父母，走向独立！"

问题是，脱离父母就能否定父母的恩情吗？过去十几年来父母付出的爱，竟是能以奶粉和衣服的价值来衡量的吗？你为什么不把自己的生命计算进去？

我在你这般年岁时，也有反叛性，总拿自己跟别人比，怨家境不好，怪家教太严，但是有一天我读到诺贝尔奖得主贝克特（Samuel Beckett）的剧本《结局》（*Endgame*），其中有一段：

> 儿子对父亲吼："混账！你为什么生下我？"
>
> 父亲："我不晓得。"
>
> 儿子："什么？你不晓得什么？"
>
> 父亲："不晓得生下的会是你！"

我开始思索其中的意思，了解到子女与父母之间是无法选择的。最重要的，是这层关系永远无法割舍。

所以你可以怨我们遗传近视给你，怨我们用中国观念管教，怨我们不是亿万富豪，甚至怨我们不可理喻！

但，你无法怨我们是你的父母。

如同，我们绝不怨生下你一般。

得到你，我们只有感恩。记得你幼儿时，我们常说幼儿时最可爱，百分之百属于父母，上学之后就不同了。

但是到你上小学，我们又说中学以前都还天真无邪！

等你上了中学，我们又讲儿子大了，可以当朋友聊天，真有意思！将来离家上大学，就要失去他了！

不过我相信，直到你未来成家，我们还是会说："虽然难得回来一次，想到他，心都甜！"

这就是爱，就是执着，也就是无怨无悔！

只是，我不知道，随着你的成长，是否也觉得每个阶段父母都有不同的可爱之处呢？还是说愈来愈厌烦，真想把欠父母的还清，再也不受管束？

你放心好了！无论你多大、多伟大、多成功、多失败，我们都会管你，如同我们爱你一般。

当你打完公用电话回来，如果够细心，会发现虽然我们好像都不理睬你去睡了，门前雪地上却有着你母亲和我的清晰脚印……

爱的礼物

今天你伤了我的心！

因为听说你居然要把我送给你的玉坠项链，当作生日礼物送给一个并未深交的女同学。而那项链却是在你十五岁生日时，我从脖子上摘下，再当场为你挂上的。

尤其令我痛心的是，当你母亲责怪你时，你居然说："爸爸在送我的时候讲过，这值不了什么钱，所以我认为可以当个小礼物送人。"

这世上许多东西，都是不能以市场价值来衡量的，譬如最珍贵的"爱"，难道这上面附有标价，是可以用一张张钞票买的吗？

"爱"非常地抽象，它看不见，也摸不着，却能牵肠挂肚地在我们心里翻腾。当你最困苦时，可以因为想到那份爱，而感觉振奋；当你在孤独的时刻，也可以因为触及一件带有爱的纪念品，而感觉温馨。

那一条项链，不正是我给你的一件带有爱的纪念品吗？

你要知道，当你的祖父过世之后，每次我触及他用过的笔墨、看过的书籍，都觉得那当中有他的影子。我最早能体会的一个课文中的词，就是“手泽犹存”，当我在学校读到之后，赶回家第一件事，就是把父亲用过的东西，翻过来、翻过去，对着灯光照，希望发现父亲的指纹或汗渍。

于是你应当了解，有时候爱竟能长驻在指纹与汗渍中了。如此说来，那项链能说是只有菲薄的价值吗？

是的！我是说过它不值什么钱，但你记得那下面跟着的一句话是什么？

你说你忘了，那么让我说个故事来提醒你：

从前有一位父亲写信给他在国外读书的孩子，信上说：亲爱的孩子，我好久好久没收到你的信了！而在这期间我已寄出七封，你是换了地址吗？还是因为功课忙？又难道是身体不舒服？但我实在担心，整天跟你的母亲轮着出去看信箱，我们的生活似乎就是为了等你的信了。

如果你实在太忙，只要写几行字，告诉我们安好，就成了！甚至你只要寄张明信片，上面不必写字，毕竟从地址，我们就可以看出你的笔迹，也表示你一切都好。

当然如果因为交通不方便，或要踩着雪去买邮票，你就不要急着回信，免得受寒或在冰上滑跤，你可以等春天暖了再给我们消息。

但是！孩子！我们实在是想你呀！

从上面这个故事，你发现了什么？应该发现那位深爱着孩子的父亲，尽管望眼欲穿地等着孩子的信，到最后，却怕孩子去买邮票受寒，而“请孩子不要急着寄”了！

现在你想起我当初说的话了吗？

我说：“这项链不值什么钱，别因为是从我脖子上摘下来给你的，就以为珍贵无比。如果碰到了抢匪，要你的项链，千万不要犹豫、不要抗拒！把它摘下来递过去！它值不了什么钱的！”

孩子！你的生命当然要比这项链珍贵不止亿万倍，我只是想告诉你，在遇到抢匪时，记住留得青山在，不怕没柴烧，不要为了保护这小小的纪念品而受到伤害。

但，那不是说，它便宜到你可以随便送给并不深交的女同学，当她小小的生日礼呀！

独特的风格

“对门的马瑞诺，不过17岁，但是他组成的合唱团，已经灌了唱片，而且由全美国最著名的发行公司发行呢！”你在晚餐桌上艳羡又似乎不平地说，“其实马瑞诺的那一套，我要比他强得多，他比我弹琴的技巧差太远了！只是按按电子琴键而已。至于作曲，我也早就会……”

好！现在让我说个故事给你听，当我今年夏天在台湾的时候，有一天看歌唱综艺节目，主持人突发奇想，叫一位以声音高亢著称的名歌星，跟幕后的合音者较量一下谁唱的声音高，结果起初几个音还难分高下，后来在不断加高起音的情况下，合音的女孩子都毫无困难地通过了，名歌星却应付得愈来愈艰苦，结果声嘶力竭地败下阵来。

当时好几位一同看电视的朋友都说：“真笨！名歌星还不如合音天使，只怕改天要让贤了！”

问题是，那位名歌星还继续地走红，且唱出了许多叫好的歌曲，而那位合音者，还总是站在台侧，偶尔被带到几个镜头而已。

我相信，合音的那位女孩子，不仅长得不差，声音又唱得高，她读谱的能力和对乐理的了解，大概都在名歌星之上，但是为什么出头的却是看起来较弱的那一位呢？

答案是因为那位名歌星，有她独特的风格。而独特的风格，往往并不是由许多十全十美的东西所集合成的，甚至可以说，有些独特的风格，从某种角度来看，反而是一种缺陷。譬如伊秉绶和金农的字，如果拿到中学交书法作业，只怕要吃乙级；马蒂斯和塞尚如果参加早期学院派的美展，恐怕也会被踢出来。连那李恕权，我都怀疑他若参加合唱团，会不会因为嗓子太哑，而挤不进去。

可是，这些人都成名了！

这又使我想起了美国一位著名的模特儿，她是被一个毫不起眼的男人，从乡下提携出来的，真可以说是飞上枝头，成为百万年薪的凤凰。而当有人问那个提携她的男人，如何慧眼识英雄时，他回答：

“虽然她并不极漂亮，但是当我带她走进拥挤喧闹的场合时，发现人们都看她，于是知道她有一种特殊吸引人的地方。”

这特殊的吸引力，就是每一位成功艺人的要件。所以当你比较自己与马瑞诺时，不能只拿单项的条件来比较，而应该注意他在整体表现上所具有的特质，进而建立属于你自己的风格。

此外，我们真该为马瑞诺高兴，过去我总觉得这个孩子有顽劣的倾向，所以限制你与他交往。但是最近发现他变得有礼貌而和善了，这是因为人们愈获得别人的尊重，也愈懂得尊重自己，所以我们应该祝福这位曾令我们头痛的邻居，且分享他的光荣。

永远的小女儿

母亲节快到了，小敏照例要送妈妈一张贺卡。

小敏特别到店里，挑了一张国外进口的卡片。表面是锦缎的花朵，四周烫着金边，角上还系了一个粉红色的蝴蝶结。唯一可惜的是，里面只印了英文，所幸小敏的英文好，虽有两个字看不懂，查查字典也就了解。

> 亲爱的妈妈！
>
> 你是我的怀抱、我的亲吻。
>
> 你是我的花园、我的港湾。
>
> 你是我幻想的实现者、梦想的催生者。
>
> 你更是——
>
> 我心灵的家！

小敏买回来，读了一遍又一遍，觉得这设计卡片的人，真是自己的知音：“他写出了我要说的话！”

小敏在上面用中文写上了“妈妈”，又在下面签了自己的名字，早晨出门前，把卡片留在餐桌上。

“妈妈看到这么漂亮的卡片，一定会好高兴！”小敏心想，“这是我长到十八岁以来，送的最贵的一张了！”

果然，进门时，看到妈妈一张笑脸，从厨房探出来。

“你喜欢我送的卡片吗？好贵呢！”小敏得意地说。

“当然喜欢啦！”妈妈拿着一个盒子走出来，“我把这张卡片跟你以前送的摆在一块。”

妈妈打开盒子，把卡片一张张放在桌上。从小到大，小敏送的十几张卡片，妈妈居然全像宝贝一样藏着。

“看！这是你在幼稚园画的。还不会写字，由老师帮你写‘亲爱的妈妈’！”

“这一张会写‘妈妈’了，歪歪扭扭的，大概是小学一年级吧！”

“这张写得就更好了，还会写‘妈妈我好爱你，你是我的大太阳’，多可爱啊！”妈妈笑得好开心。

又拿出一张。

“这张是小学六年级，画得精致，字也漂亮，里面的信更感人。”妈妈抬起头，“你知道吗？看这张卡片，我流了好多眼泪，看了一遍又一遍，直到今天，还是好感动！”

再拿出一张，已经是存钱买的，只是印刷不够好，卡片上的颜色都套不准，里面“母亲节快乐”几个字，也印得很粗拙。所幸，小敏另外写了一首短诗。

接下来的两张，印得已经比较好了，文字也设计得不错。配上小敏写的几句感谢的话，还蛮耐看的！

“至于去年这一张，是印得更美了。”妈妈叹口气，“只是大概因为你功课忙，没写什么字。也可能是人家设计的文字已经很好，所以只需要填个名字。”

终于打开今年的信封，抽出那张华丽的锦缎卡片，妈妈笑着翻过来、翻过去：“怪妈不懂英文，不知道上面的意思。你说给妈听听吧！”

“不！”小敏居然抢过卡片，“这张卡片不好！我要换一张。”说完就跑进自己房间。

小敏画了张大大的母亲节卡。上面写着：

亲爱的妈妈，看到以前我送您的卡片，才发觉自己长得愈大，读的书愈多，却也愈跟您疏远。我以为可以用物质、金钱表示我的爱。但是今天，我发觉自己错了。您真正在乎的，是我，您的女儿。让我做您永远的小女儿，像小学、像幼稚园时一样，那么真实、那么贴心，那么爱……

当我们年龄渐长，愈来愈觉得钱之可贵，就可能用钱去衡量一切，甚至衡量爱情。岂知在这世界上，没有钱之前，早有了爱。当我们没有赚到钱之前，早赚到了爱。

父亲的画面

人生的旅途上，父亲只陪我度过了最初的九年，但在我幼小的记忆中，却留下非常深刻的画面，清晰到即使在三十二年后的今天，父亲的音容仿佛仍在眼前。我甚至觉得父亲成为我童年的代名词，从他逝去，我就失去了天真的童年。

最早最早，甚至可能是两三岁的记忆中，父亲是我的滑梯，每天下班才进门，就伸直双腿，让我一遍又一遍地爬上膝头，再顺着他的腿溜到地下。母亲常怨父亲宠坏了我，没有一条西装裤不被磨得起毛。

父亲的怀抱也是可爱的游乐场，尤其是寒冷的冬天，他常把我藏在皮袄宽大的两襟之间，我记得很清楚，那里面有着银白色的长毛，很软，也很暖，尤其是他抱着我来回走动的时候，使我有一种居高临下的优越感。我一生中真正有“独子”的感觉，就是在那个时候。

父亲宠我，甚至有些溺爱。他总专程到衡阳路为我买纯丝的汗衫，说这样才不致伤到我幼嫩的肌肤。在我四五岁的时候，突然不再生产这种丝质的内衣。当父亲看着我初次穿上棉质的汗衫时，流露出心疼的目光，直问我：扎不扎？当时我明明觉得非常舒服，却因为他的眼神，故意装作有些不对劲的样子。

母亲一直到今天，还常说我小时候会装，她只要轻轻打我一下，我就抽搐个不停，且装作上不来气的样子，害得父亲跟她大吵。

确实，小时候父亲跟我是一伙，这当中甚至连母亲都没有置身之处。我们父子常出去逛街，带回一包又一包的玩具，且在离家半条街外下三轮车，免得母亲说浪费。

傍晚时，父亲更常把我抱上脚踏车前面架着的小藤椅，在昏黄的暮色下，载我穿过竹林，到萤桥附近的河边钓鱼。我们把电石灯挂在开满姜花的水滨，隔些时候在附近用网子一捞，就能捕得不少小虾，再用这些小虾当饵。

我最爱看那月光下，鱼儿挣扎出水的画面，闪闪如同白银打成的鱼儿，扭转着，拍打着，激起一片水花，仿佛银粟般飞射。

我也爱夜晚的鱼铃，在淡淡的姜花香气中，随着沁凉的晚风，轻轻叩响。那是风吹过长长的钓丝，加上粼粼水波震动所发出的吟唱，似乎很近，又像是从遥远的水面传来。尤其当我躲在父亲怀里将睡未睡之际，那幽幽的鱼铃，是催眠的歌声。

当然，父亲也是我枕边故事的述说者，只是我从来不曾听过完整的故事。一方面，因为我总是很快地入梦；另一方面，由于他的故事都是从随手看过的武侠小说里摘出的片段。也正因此，在我的童年记忆中，“踏雪无痕”和“浪里白条”的印象，比白雪公主更深刻。

真正的白雪公主的故事，是从父亲买的《儿童乐园》里读到的，那时候还不易买到这种香港出版的图画书，但父亲总会千方百计地弄到。尤其是当我获得小学一年级演讲比赛冠军时，他高兴地从国外买回一大箱立体书，每页翻开都有许多小人和小动物站起来。虽然这些书随着我十三岁时的一场火灾烧了，我却始终记得其中的画面。甚至那涂色的方法，也影响了我学生时期的绘画作品。

父亲不擅长画画，但是很会写字，他常说些“指实掌虚”“眼观鼻、鼻观心”之类的话，还买了成叠的描红簿子，把着我的小手，一笔一笔地描。直到他逝世之后，有好长一段时间，每当我练毛笔字，都觉得有个父亲的人影，站在我的身后……

父亲爱票戏，常拿着胡琴，坐在廊下自拉自唱，他最先教了我一段《苏三起解》，后来被母亲说：“什么男不男、女不女的，怎么教孩子尖声尖气学苏三？”于是改教了大花脸，那词我还记得清楚：

“老虽老，我的须发老，上阵全凭马和刀……”

父亲有我时已经是四十多岁，但是一直到他五十一岁过世，头上连一根白发都没有。他的照片至今仍挂在母亲的床头。八十二岁的老母常仰着脸，盯着他的照片说："怎么越看越不对劲儿！那么年轻，不像丈夫，倒像儿子了！"然后她便总是转过身来对我说，"要不是你爸爸早死，只怕你也成不了气候，不知被宠成了什么样子！"

是的，在我的记忆中，不曾听过父亲的半句叱责，也从未见过他不悦的表情。尤其记得有一次蚊子叮他，父亲明明发现了，却一直等到蚊子吸足了血，才打。

母亲说："看到了还不打？哪儿有这样的人？"

"等它吸饱了，飞不动了，才打得到。"父亲笑着说，"打到了，它才不会再去叮我儿子。"

三十二年了，直到今天，每当我被蚊子叮到，总会想到我那慈祥的父亲，听到"啪"的一声，也清清晰晰地看见他手臂上被打死的蚊子和殷红的血迹……

父亲的粥

大概因为回台体力透支，返美前突然上吐下泻。所幸儿子住得近，清晨五点把我送去急诊。化验结果，是感染了通常只有小孩会怕的轮状病毒。

大门钥匙交给了儿子，口袋里的钱交给了小姨子，健保卡交给了挂号处，自己交给了医院。我很能逆来顺受，心想这是老天爷逼我好好休息。加上前一夜折腾，于是猛睡，睡到隔天下午两点。中间除了护士进来量血压、测体温，医生进来摸摸肚子，倒也没人打扰，连餐点都没有。医生说得好，病毒嘛！没办法，除非高烧不退，会考虑用抗生素，否则只有等病毒自己消失。而且这时候肠胃弱，什么都不能吃，连喝运动饮料，都得掺一半的水。

所幸我一点也不饿，直到第二天下午烧退了，才觉得有些饥肠辘辘。要求了好几次，总算送来食物，小小的纸杯，里面只有黏糊糊的一点半流体，原来是米浆。“就这个？”“就这个！”护士笑笑转身，“只能喝米浆，如果喝了又泻，就连米浆也没有。”

抱着那软软的纸杯，小心地用吸管慢慢吸，好像奶娃。这让我想起小时候得了肾脏炎，病得挺重，有一阵子也只能喝这个，相信多半是母亲喂我，但不知为什么，而今只记得父亲坐在床边，端着碗喂我的画面。大概因为他讲的故事吧，说以前穷人家生了孩子，妈妈不喂自己的娃娃，却去有钱人家当奶娘，喂别人的娃娃，自己的娃娃只有喝米浆。可见米浆虽然白白的没什么味道，却有营养。父亲还一边为我把米浆吹凉，一边指着上面薄薄的膜，说那是米油，更补，嘴角发炎，只要搽几次米油就好了。

虽然老婆隔着太平洋叫我多住几天，我还是坚持第三天下午出院。不是舍不得花钱，而是为了争取自由，把插在身上五十多个钟头的“点滴”管子拔掉。小姨子帮我办出院手续时，又来了个护士，给我好几份介绍轮状病毒的小册子，说回家只能吃稀饭、海苔酱、苹果泥……而且不能多吃，看不吐不泻了，再由去皮的鸡肉丝排开始。我瞄了一眼那小册子的封面，“轮状病毒”四个大字下面印着“婴幼儿严重肠胃炎的凶手”，最下面还有一行大字：“对所有的孩子都是威胁。”突然觉得自己真变成了婴幼儿，而且是很差劲的，别人都没事，只有我出问题。

儿子要为我煮稀饭，我说不必，护士讲只要拿干饭加水煮一下就成稀饭，老爸再笨，这点还是会的。正好冰箱里放了两盒叫外卖剩下的米饭，于是通通倒进锅子，又加了些水，放上炉子。果然才一会儿，好多饭粒就上上下下游泳，成为稀饭的样子。忙不迭地盛出来，再打开酱瓜和海苔酱，吃了病后的第一顿大餐。

只是可能米饭放在冰箱太久，有点硬，还结成块，加上煮得不够，所以稀饭不黏，有些“开水泡饭”的意思。使我想起读初中夜间部的时候，回家已是深夜，常常肚子饿，就从锅里舀两勺白饭，泡冷开水。

那时候家里因为失火烧成平地，只在废墟边上搭了间草房。深夜，外面一片漆黑，有流萤飞、蛩声细，火场余烬的焦炭味夹在清寒的晚风中。一颗颗饭粒，随着凉水滑入胸腹间，有一种鲠鲠又洒脱的孤危感。

前一日学乖了，第二天我先去快餐店买了三碗白饭，热腾腾地拿回家倒进水里煮，而且站在旁边用筷子不断搅，还把成块的一一夹开。刚煮好的饭容易烂，没多久就起了泡，“咕噜咕噜”，泡泡愈冒愈大，冷不防地溢出锅子从四面流下，跟着火就熄了，我赶快把瓦斯关掉，炉头上还是留下好多焦黑的印子。

这稀饭不错，够软，唯一的缺点是我加了太多水，为了吃实在些，只好从锅底捞稠的。端上一大碗白稀饭，颇有成就感。儿子早晨送来肉松，是他去专营店买的，居然印着“婴幼儿专用”，不知道这小子是体贴还是讽刺。我倒了尖尖的一堆肉松在稀饭上，急着下嘴，立刻被呛得猛咳，因为把细如粉末的肉松吸进了气管。

一边咳，一边用筷子把肉松压进稀饭，再搅拌成肉粥。突然懂了，为什么父亲总坚持先把肉松搅匀，才交给我，还一直叮嘱我慢慢吃。他也帮我吹，吹得眼镜上一层雾，又摘下眼镜吹。父亲还教我用筷子由碗的四周拨稀饭，说那里因为接近碗边，凉得快。有时候我还是等不及，他则会再拿来两个大碗，把稀饭先倒进一个碗，再来回地跟另一个碗互相倾倒。没几下，就凉多了。

可不是吗？我自己煮的这碗稀饭也够烫的。第一口已经把我烫到，但是当我改由四周拨，就能入口了。上面拌的肉松吃完，我又倒了好多肉松下去。这种“大手笔”，也是小时候被父亲惯坏的，那时候母亲常骂，哪儿是吃稀饭配肉松，根本是吃肉松配稀饭。

最记得父亲生病，母亲日夜陪在医院的那段日子。有一天表弟来家，姥姥煮了稀饭，给我肉松，只一点点，远不如给表弟的多。我当时很“吃惊”，甚至委屈得用注音符号写了封信去医院告状。更令我吃惊的是父母居然都没反应，即使后来我当面抱怨好几次，他们也只是点点头。

吃了一整锅白稀饭和一整罐肉松，肠胃居然没出毛病。第三天，我的胆子更大了，先去买了两碗白饭和一盒生的牛肉丝。而且为了快，我找出高压锅，把材料全倒进去，添水，加些生姜和盐，放火上煮。高压锅有保险装置，无须守在旁边，所以我径自去书房工作。没多久就听见“咻咻”喷气的声音，我知道是锅盖上的小口在往外泄压，只是那声音愈来愈怪，还有点“啪啦啪啦”的感觉。想起以前高压锅爆炸的新闻，赶紧跑进厨房。才进去就差点滑一跤，地上一大片，黏黏的，我的稀饭居然喷得到处都是。

一番忙乱之后，我这辈子做的第一碗“牛肉粥”上桌了，十分滚烫黏稠，而且大有“闻香下马”的境界。牛肉丝，不错！一点也不老。姜，虽然切的时候已经因为摆太久，像是削竹片，反而更带劲。我的嘴又被狠狠烫了一下，想到爸爸的方法，改为从旁边拨。不知为什么又觉得该拿个勺，从粥的表面，一点一点刮。

果然，一次刮一点点，滚烫的粥也不烫了。我有些自诩，可是又觉得似乎见过别人用勺子刮的画面。我一边刮一边想，突然回到了九岁的童年，回到父亲的病床前。医院为直肠癌手术不久的父亲送餐，只一碗，像这样的瘦肉稀饭，我居然急着跑到床边要吃。母亲骂：“那是你爹的！”父亲对她挥挥手，反叫我爬上床，跟他并排坐着，又怕我摔下去，一手搂着我，一手喂我吃。肉粥很烫，医院里没有两个大碗可以用来减温。父亲就用勺子一点一点在稀饭的表面刮。那瘦得像干柴的手直抖，但是只要把勺子落在稀饭上就不抖了，非但不抖，还像抚摸般，很细腻、很轻柔地，一圈一圈刮，每次只刮薄薄一层，再吹吹，放进我嘴里。

现在我正这么做，但是飞回了五十年前，我的手成为父亲临终前两个月的手。我的眼镜飞得更遥远，成为父亲为我吹粥时的眼镜，蒸气氤氲，镜片罩上一层雾。我像父亲当年一样，摘下眼镜，只是不见清晰，反而模糊。一个年已花甲的老孩子，居然从这碗粥，想到五十七年前抱养我的父亲，我的眼泪止不住地淌，淌在父亲的粥里……

最后一口糖西红柿

小时候我很爱吃糖西红柿。常看母亲把生西红柿用滚水烫了，剥下薄薄的皮，再切成小块放在碗里，加上白糖搅一搅，成为清凉可口的糖西红柿。

但是自从父亲为一碗糖西红柿责备我之后，我就再也不吃糖西红柿了。

那时父亲已经大肠癌末期回家疗养，母亲的好朋友李妈妈搬来我家帮忙照顾。有一天，李妈妈做了碗糖西红柿给我，我从厨房端到客厅，坐在父亲旁边吃，问："爸爸要不要尝尝？"爸爸点点头，我就舀了一勺放进他嘴里，"好不好吃？"父亲点头。我好兴奋哟！立刻转头对着厨房大喊："李妈妈，再拿一碗糖西红柿，我爸爸要吃！"没想到已经病重、不太说话的父亲居然瞪我一眼，沉声骂："不要喊！没礼貌！我不吃！"

父亲从来只会宠我，不曾骂我，连大声说话都不曾，怎么会突然这么凶？我怔住了！噙着泪，低着头，吃完手上那碗糖西红柿。

从此我再也不吵着吃糖西红柿。

但我仍然爱西红柿，爱种西红柿，爱看西红柿的花果，也爱摸西红柿的叶子，闻它们的味道。

种西红柿是偶然开始的。

那时家里失火，烧成一片废墟，父亲死了，公家不给重建，母亲只好在院子边上盖了间草房，没几个月，高高低低的残砖破瓦间就长满杂草。有一天，我把球丢进草丛，捡回来觉得身上好像有股香味，把衣服举到母亲眼前，问她是什么香。

“臭味！哪儿是香味！”

母亲对香味的感觉常跟我不同。譬如马缨丹，有股特别的辛香，母亲偏说是臭花，还叫我少碰，说八成有毒！西红柿叶子的香味跟马缨丹有点像，也有些刺激，怪不得母亲不爱。后来我发现很多人都不爱，欧洲人早期甚至因此说西红柿有毒。

自从在院子里发现西红柿苗，我每天都过去看。颓圮的泥墙和灰烬是最好的养料，五六棵不知从哪里冒出来的西红柿苗，每株都长得很壮。叶片沿着叶柄向两边生长，每片大小不同，裂口也不一样，有些叶子中间鼓起来，造成蜷曲，变化复杂极了！

不到三尺高，它们就开了黄花，一朵朵朝下，像是小铃铛。接着中间钻出绿色的果实，很快长大，变成红色。多么神奇的植物啊！明明是一年生的草本，却好像木本的果树。明明是蔬菜，却可以当水果。还有，就是它们像树又像藤，尽管没有攀爬的须，却容易东倒西歪，我不得不用竹子把西红柿苗架起来。竹子是原先支撑墙壁用的，被火熏得黑黄相间，绿叶红果黄花，在一片断垣残瓦和焦黑的竹枝间展示了新生的喜悦。

或许因为童年的记忆，我特别爱画西红柿，而且在创作前一定细细写生，必须抓住西红柿的特殊味道。这几年我画西红柿更容易了，因为九十多岁的岳父种西红柿。怕影响草坪的景观，老人把西红柿都种在花盆里，一排排放在露台上。花盆里全是老人用厨余调制的泥土，西红柿株株肥大，而且品种各异，有像葡萄成串的，有鲜红如樱桃的，还有名叫“大男孩”的超大个儿。我只要把西红柿盆子推到窗前，就能从容地在屋子里面写生。也因为从容，更能细细描绘西红柿的变化。

最近画了一张以西红柿和青鸟为主题的《夏日园趣》。我先用铅笔写生做底稿，再转画到绢上。半透明的绢特别适于以水绿表现叶子的剔透，鲜艳的果实则以朱砂打底，再罩染几次洋红。

一只小鸟特别聪明，选择了最熟的西红柿，站在上面品尝。另一只大概闻讯飞来，为了减缓下降的速度，把翅膀用力向下拍打，并将尾羽张开以产生阻力，爪子已经接触到叶柄，把那片叶子压弯。正在享用西红柿的那只则回头大叫，不知是说“真好吃！快来啊！”还是喊“我先到，你别抢！”

我一边画，一边想那两只小鸟的对话，也想到少年时废墟间的野西红柿，还有我拿着勺子喂父亲吃糖西红柿的一幕。

从来都是爸爸喂我吃东西，只有那一次，我把勺子送到他微微张开的嘴里……

笃学

读书与梦想

台湾的诚品书店邀请我做校园巡回演讲，我定的讲题是：读书最好，有梦相随。

朋友看到，笑说有问题，因为去掉了中间的标点，好像是读书最好能接着做梦。

我说：这有什么错呢？没见前两天的报纸上才登，美国有个研究，分两组人，一组上午九点钟上课，晚上九点问他们记得多少；另一组则是晚上九点上课，接着各自去睡，第二天早上九点再问他们记得多少。同样相隔十二小时，后者成绩好得多。可见读书要想效果好、记得牢，最好跟着去睡觉。

我这番话，只能供你参考，千万别书本一摆，就去见周公了。

但是，我敢说那些有成就的学者，绝不是死读书的，他们很可能像大思想家罗素所说，他想不出怎么写论文，就跑出去玩，玩回来就会文思泉涌。或像爱因斯坦，在他想通“相对论”的前一天，离开办公室时还对朋友说只怕一辈子都搞不懂了，结果第二天一早就找到了答案。

更实在的例子是发现了苯环分子结构的凯库勒，他不是由梦到一条蛇咬着自己的尾巴，得到白天百思不解的答案吗？

可见书要读，梦也要做；读书是紧，做梦是松。

脑仓库的管理一定要留白

许多年前，有一首很流行的歌，叫《青春不要留白》，那时我常对学生说：对！青春不能白过。但是读书不一样，我们的脑海像一个仓库，不会管理的人，只知把东西堆进去，塞到连转身都不方便。会管理的人则知道分门别类，把容易坏的常拿出来检查，不堪用的扔掉。因此，仓库里有条不紊，不但进、出货方便，空出来的地方说不定还能摆张乒乓球桌呢！

所以，脑仓库的管理一定要留白，只知道博学强记，不断地往脑子里塞东西的人，在今天是不容易成功的。

我强调“今天”，因为这是个知识爆炸的网络时代。最能成功的人不再是只知死记硬背的人，而是知道活学活用，知道怎么找数据、整理数据、利用数据的人。

今天也是个更要融会贯通的时代，你不仅要对自己本学科的知识有专精，而且要把这专精与整个世界联机。今天你的视野要扩大，如同一个设计师，走进一栋要重新设计的房子时，他在脑海里先得把所有的隔间拆掉，使自己的创意能发挥。今天的医生，可以在美国作断层扫描，传输给印度的技术人员分析，隔天在美国给病人看报告。今天的企业主管，必须用整个地球思考，他可以在东半球构思，西半球制图，北半球打模，南半球制造，全世界营销。

何止“今天”如此！想想，孔子、柏拉图、亚里士多德，在他们那个时代，才有几本书好看？“汗牛充栋”的书简，加起来只怕不过一张光盘的内容。问题是，他们为什么能成为那么伟大的思想家？

因为他们既懂得“思而不学则殆”，更懂得“学而不思则罔”。于是在脑海里留下空间——思想的空间、梦想的空间、玄想的空间、完成理想的空间。他们在读了几十本书之后，很可能就创作出一本自己的作品，而且超越他读的那几十本书。

相对地，却有不计其数的学者，焚膏继晷、皓首穷经，学问塞满一肚子，好像乱堆的仓库，该用的时候找不到，碰到问题不能以所学的解决；说得出一番大道理，却没有自己的创意。如果把书当作人生旅程的行囊，那些“死书”非但没能帮助他走得远、看得多，反而成为累赘，压得他没见到多少人生的风景。

站起来，再出发

小时候读到的一本书，听到的几句话，如果你好好想想，可能支撑你一辈子，甚至到老都呼唤你“站起来，再出发”。

每个人又有不同的气质和风格，不需要去模仿别人，也不必去从事模仿，因为唯有独立的气质才能成为特殊的风格，也唯有独立的风格才能造就伟大的作品。

摇一摇，沉淀的学问

我写过一篇文章——《摇一摇，沉淀的爱情》，意思是许多人在一起久了，爱情都沉了底，上面淡如白水，必须找机会摇一摇，使上面的白水与底下“爱情的果粒”重新融合。

现在，我要说“摇一摇，沉淀的学问”。当你发现书已经读死了，记不住了，想不开了，就暂时把书放下，看看外面的绿树蓝天，让思想驰骋，让理想飞扬，想想那书里有多少东西可以给你启发。而且你可以由读这本书想到读那本书，把相关的东西串起来。这样，书才能成为活的，成为你生活的一部分。它不但让你用来应付老师的考卷，更能应付人生的考试！

于是，你成为真正的爱书人，书助你实现梦想、打开心窗。

所以我说：读书最好，有梦相随！

读书的秘诀

今天你问我该怎么读书。如果你指的是读课本、考高分，我想我是没资格回答的，因为我高中的学业成绩并不好，全靠联考之前猛力冲刺，才进入师大。但是，我又想：说不定这种冲刺的经验，倒可以供你参考。

我觉得脑子里一定有个死角，因为念书时，常有些东西硬是读不进去。碰到这种情况，我绝不硬背，而将那正面的冲突改为消耗战。方法是将背不进去的要点，写在课本靠近页边的位置，每次读书之前，先快速翻阅一遍，使那些字闪过脑海，仿佛分期付款，一个月下来，自然就记住了，反而比那硬背的东西结实。

我也利用谐音的模式来记东西，这是从初中时期就有许多学生使用的方法。譬如“危险”是“单脚拉屎”（dangerous）、“大学”是“由你玩四年”（university）。又譬如我背长江沿岸的十个二等港，只用了一句话“政无安九月常常杀一万”，意思是“政治不安定，九月秋决时处死的人往往高达一万”。虽然句子没有道理，却让我到今天还能记得“镇江、芜湖、安庆、九江、岳阳、长沙、常德、沙市、宜昌、万县”，有人大为惊讶，封我为“电脑”，岂知我是用了特殊的读书方法。

如果你到我书架上找，还会发现一大包“方块字”。以小纸片做札记和以方块字帮助记忆，是我至今仍用的方法。譬如近来临习明朝韩道亨的《草诀百韵歌》，由于草字与楷书的笔画顺序有很大差异，许多字不易记住，我就将它们制成方块字，正面写楷书，背面写草字，口袋里揣上一把，随时摸出来，看到楷书就想草书，见到草字则加以辨别，倒也能事半功倍。

此外，古人有所谓“锦囊集句”，方法是将平日的灵感写在小纸条上，先投入锦囊，有空时再取出来整理，将断片的灵感集合为大的篇章。我也采取这个方法，不论乘车、走路，甚至上厕所时，只要有灵感，就写在随身携带的小本子或名片背后，统统集中在一个地方；虽然很可能一两年之后，才有闲暇拿出来整理。但是就用这个方法，我在百忙中居然能写成七本《萤窗小语》和《点一盏心灯》。如果我不知道把握每一个小灵感而任它飞逝，怎么可能有这些成绩呢？

还有一点，在这个知识爆炸的时代，你会发现书念不完，在做学问时却又需要广泛的涉猎，所以你必须懂得上网查询和整理繁杂的资料。书买回来，即使没时间细看，也要将前言、目录翻过。

同样的道理，百科全书的检索目录、各种字典、词典、植物典、句典、名典、世界历史年表、地图，也是必备的。甚至像《国家地理杂志》这类书，由于资料丰富，很具有参考价值，为了检索方便，你也可以去买一本数十年来的目录。《纽约时报》集合各种重大新闻的《首版集成》（*Page One*），百科全书的年鉴也很有用。

总之，书印好了，就是死的，人脑则是活的，你必须将这些死的资料，用最有效的语言、方法，输入你的大脑中。并将这些资料，放在身边，如同随身碟一般，随时等你插入，将你要的东西整理出来！

每个人都有自己读书的方法，我只是将我的方法提出来供你参考。如果你的程序语言（language）更适用，当然还是用你自己的比较好。

分期付款

不知从什么时候开始，人们发明了分期付款的办法。房子可以分期付款，电视、冰箱可以分期付款，甚至衣服、皮包也可以分期购买。自从这个办法施行之后，大家的购买力一下子增强了许多，从前不敢想的，现在都拥有了。虽然每个月要付款，但是由于期数多、金额分散，并不觉得吃力，所以有人说：“现代社会最大的福利制度就是分期付款。”

我觉得分期付款这个办法，除了可以拿来买东西，也可以用于治学。看来令人生畏的巨著，每天读一点，很轻松地就能看完；仰之弥高的学术境界，持之以恒地钻研，时间久了也能达到。

当然分期治学和分期付款仍有些差异，那就是分期付款是先享用后付钱，分期治学则是先下功夫后享用。分期付款的钱付完了，东西也旧了；分期治学的功夫下够了，学问则愈扎实。

由以上的比较可以知道，分期治学要比分期付款更划得来。可是现在却有许多人，只知分期付款买昂贵的东西，却不知分期治学求高深的知识，从不嫌分期付款的东西贵，却要喊“这本书太厚了，我读不完；那样东西太难了，我学不会”。这岂不是很滑稽吗？

飞来好运

据《唐才子传》记载，名诗人钱起早年在京口客舍，听到户外有人吟诗："曲终人不见，江上数峰青。"走到外面观看，却不见人影。正巧后来他入京考试的诗题为"湘灵鼓瑟"，钱起就将听来的那两句带入诗中，获得主考官的激赏，中了进士。

假使真如《唐才子传》所载，钱起可以说是十分幸运地当了官。但是话说回来，如果从那以后，他不继续用功，再难有佳作示人，又岂能受人重视，而被誉为"大历十才子"之一呢？

所以飞来的好运固然可喜，但接下去的努力更为重要。

写作一点也不难

昨天当我建议你练习“即席演讲”的时候，你皱着眉头说：“我不是不会讲话，只是比较慢，要先想半天，才说得好。”所以今天给你上中文课时，我指着窗前的芭蕉树，叫你以“芭蕉”为题，做个“短讲”，而且连一分钟都不让你准备，立刻要你开口。

你说了，虽然没有结结巴巴，但才说几句，就停住，说“想不出有什么好讲的”，我觉得有必要教教你说话和作文的“思想方法与重点”。

对的！那是“思想方法与重点”。你会发现，当你知道了方法后，就什么主题都难不倒你了。

掌握“人地事时物”的重点

那方法不是由我发明，而是我在做电视记者时学到的，也就是掌握“人地事时物”的重点。

好比“芭蕉”这个题目：

“人”是你和爸爸。

“地”是窗前。

“事”是种芭蕉。

“时”是种的时间和不同的季节。

“物”是芭蕉。

于是，你可以说：

今年春天，爸爸在窗前种了一棵芭蕉，没几个月，就长得高过了窗子。大大的芭蕉叶，逆光看去，绿得像是翠玉。下雨的时候，雨水打在叶子上，滴滴答答、疏疏密密，那节奏真美得像音乐。但是秋天，才冷了几天，芭蕉的叶子就一一变黄，先是黄得艳，好像枫叶一般，接着则成了焦黑的颜色。爸爸说，“一叶生，一叶焦”，那枯了的叶子就像烧焦的一般，所以称为“蕉”……

我说：“芭蕉枯了怎么办呢？眼看这芭蕉就要死了。”爸爸则指着树根说：“别操心！你瞧，这下面不是已经有小苗长出来了吗？老的还没走，小的已经生了，这芭蕉就像人哪……”

回头看看这篇东西，不是把“人地事时物”全放进去了吗？再加上色彩和声音，画面就一下子生动了起来。

“人地事时物”和“声色”

好！现在让我们再以“大雁”为对象，把“人地事时物”和“声色”放进去，作个短文——

“人”是你。

“地”是湖上。

“事”是大雁来了。

“时”是季节的变化。

“物”是大雁。

你几乎只要按照顺序，就能组合出一句话——

我看到湖上飞来许多大雁，就知道冬天要来了。

如果再加上一些想象、声音和色彩，则能变得更丰富——

夜里听见窗外传来“嘎嘎嘎嘎”的叫声。早上推开窗，发现原本空空荡荡的湖面，一下子多了好多大雁。它们都是脸颊上有一块黑的加拿大雁，春天的时候飞到北方繁殖；夏天过去，小雁长大了，天也变寒了，就一起再飞往南方过冬。

这里的湖，是它们过境的地方，只待上两三个礼拜，它们就要再一次远行，所以每年我只要看湖上大雁的来来去去，就能知道春天来了，秋天到了。

我最爱看黄昏时雁群在天空练习飞翔，它们一边飞，一边叫，好像彼此呼应着：“要跟上哟！别飞丢了哟！”于是我猜，很可能是雁爸爸、雁妈妈在叮嘱孩子。孩子又回答爸爸妈妈：“放心！我会小心的。”

我更爱看夕阳中雁群降落，它们早早就开始不再振翅，慢慢向下滑翔，落到水面的刹那，又把翅膀高高抬起，“啪啪”猛拍。接着，水上激起一片波纹，斜斜地映着晚霞，闪出点点金光……

不是简简单单，无论你用写的、用说的，都能引人入胜吗？

为什么？因为首先你没有忽略“人地事时物”，又用大雁的叫声、振翅、滑翔、波光和晚霞，使画面变得生动。

所以写文章不难，人家叫你即席致辞也不难，只要你依照那个路线思想下去，就不会差太多。

好！让我再考你一个稀奇的题目吧——“传真机”。

请你以“传真机”为题，说一段话。

想想，“人”是谁？是你！是爸爸！是妈妈！

“地”是放传真机的地方！传真的地方！

“事”是传真。

“时”是什么时候传？何时买的机器？

“物”是传真机、文件、图片！

现在，你先别往下看，想想自己能不能编出一段。

如果仍有困难，就让我再举个例子——

我们家很早就有了传真机，爸爸说，有传真机，许多事情都变得方便了，文件、图片，以前都要用寄的，现在即使隔着太平洋，也能一两分钟就传到对方手上。

传真机放在爸爸书房，因为跟我的房间只有一墙之隔，所以我常可以听到传真机“嗒嗒嗒嗒”的声音。爸爸在台湾的时候，总在夜里传送信件给我，我躺在床上，一听见传真机响，就会想：那不是传真，而是爸爸在说话；就会想：明早醒来，又会有一封爸爸给我的信，躺在书桌上……

孩子，你说，非常冷门的题材，你不是也能应付了吗？

“人地事时物”，这是记者写新闻稿时，必须列入的内容。

一个粗心的记者很可能写了一大篇运动会的报道，记录了一堆得奖名单，却因为忘了写那运动会的地点，而成为败笔。

一位作家很可能写出很感人的追悼的文字，却因为没提逝者的年岁而显得美中不足。

一个展览的新闻稿，很可能因为漏写展出的时间而造成观众的困扰。

记住——

无论说话、写作、采访，先想“人地事时物”，再加上动态、声音或色彩，就好比盖房子，先要有好的地基和建材，再加上漂亮的装潢设计，就一切妥帖了。

听我说这么多，你还觉得即席演讲和写作有多困难吗？

天才是什么

最近常有人赞美你是天才，我听了只是摇头苦笑。

因为若没有父母盯着你练琴，你就不会去弹；没有我把石膏像放在你面前，并递上纸笔，你就不会去画；没有我逼你作文，你就不会动手；没有我交给你一本世界名著，你就不会主动去念；没有父母逼你读书，你也可能马马虎虎去应付。

所以虽然你在各方面的表现都很杰出，我却私下对你母亲说，你只是有过人的聪明，仍然算不得天才，如今小时了了，长大之后未必能成。除非你有那种自行激发的能力，不断超越自己的冲动和锲而不舍的精神。

这就是天才的特质，它不见得是过目不忘、一目十行的高度智商，而是一种说不出的，对任何事都有的怀疑态度、好奇的想法，与不达目的绝不终止、近于傻的冲劲。

中国有个形容词——苦心孤诣，非常适合用来形容天才做事的态度。因为天才追求的目标，常常难为外人了解；他们做事的方法，也常难为一般人接受；他们更常因为孤诣而孤独。

但是若不能忍耐孤独，又如何站到巅峰呢？巅峰只有一点点，容不下许多人站，所以不仅遭遇的风大，而且旁边难有扶持；受不了风寒与孤寂的人，就无法成为天才。

记得在1988年冬季奥运会闭幕式的时候，负责转播的美国ABC电视台评论员说了一句耐人寻味的话，他说奥运的真正精神，是把我们自己硬推到自己的极限之外（Push your own limits）。这句话也适合形容天才，只有那种不向自己既有的能力屈服，不满足于既有的成就，总是试图超越自己，抱着一种不服、不平，甚至愤懑，以自己为敌、追求突破的人，才能称得上天才。

也就因此，天才才会有几分神经质，或被人看成疯子，当然他们加诸自己身上过大的压力，也确实常会使他们崩溃。譬如爱迪生小的时候，曾经被学校老师怀疑为低能儿；有“诗鬼”之称的唐代诗人李贺，由于早晚不停地写作，连他母亲都忧心他，只怕要呕出血来才能停止；印象派大师凡·高，不但割下自己的耳朵，更结束了自己的生命。

我说这许多话，不是要教你去效法李贺、凡·高般透支自己，而是告诉你，你虽然是一个学什么像什么，甚至能青出于蓝的人，但是不论你的文章、绘画、弹琴目前有多么好，只要那不是出于你内在学习冲动而获得的成就，便不算一回事。

年轻人！如果有一天，我不准你写作、不准你弹琴、不准你绘画，甚至不准你读书，而你却千方百计地自己追求。

如果有一天，你工作繁重，乃至生计无着，拖着疲惫饥饿的身子回来，却仍会提笔，一吐你胸中的块垒。虽然你不一定能成功，也不一定会被人肯定，却可以自己对自己说：我是个锲而不舍的天才。

在第二次世界大战的纳粹集中营里，有些犹太艺术家，明知道自己即将被推进瓦斯室，却伸出他们骨瘦如柴的臂膀，以自己仅有的一点食物，向人换取炭条和铅笔，创作出他们生命中最后的作品。

当你被我硬是塞上纸笔，画出一幅好画时，我要问：在你心底可有他们那种“生死与之”的创作原动力？

如果没有，你就不可能成为天才！

知新而温故

某日我去拜访一位著名的史学家，并向他请教历史方面的问题。

“请等一下！”史学家说，“对于你这个问题，我得查查书。”说着就从架上取下几本看来已经很旧的书。

“这不是您自己的作品吗？”我看到书名和作者好奇地问，“为什么还要查考呢？”

“过去记得的东西，今天不一定清楚；过去的看法，今天也未必赞同。”史学家扶扶眼镜笑道，“虽然我心里已经想好了答案，但还是要与以前的作品对照一下，如果记的年代与书中不同，就要再查查年表，看看是过去错还是今天错。如果看法跟书里不同，更要做一番审问、慎思和明辨的功夫，把错误的地方修正。这样才不致出问题，思想系统也才能贯通。”

临走时，史学家送我到门口，再次强调：“今天不是昨天，昨天也不能代表今天。我们常说‘温故而知新’，其实也当‘知新而温故’。因为前者重在发现，后者贵在省察。”

要活出闪亮的人生

我们要活出闪亮的人生，最重要的是要学会思想。爱因斯坦第一次到纽约的时候，有记者考他："请问伟大的科学家，音速是多少？"爱因斯坦想都不想，说："我不知道！"记者都愣住了，这么伟大的科学家，怎么连音速都不知道呢？"我为什么会知道呢？一查书就知道了，犯不着费这个脑筋。"爱因斯坦干脆地回答。

诺贝尔奖获得者李远哲在读博士的时候，去请教他的指导教授："请问教授，这该怎么做？"你知道这个教授怎么答？"你干吗问我啊？如果我告诉你，你还需要来研究吗？"对的，你必须要自己去想。日本的大前研一在《思考的技术》中讲他第一次的博士考试没有通过，结果被麻省理工学院踢了出去。其实他答的是标准答案，但是评审老师说："你没有呈现你缜密的思考过程，所以就算是标准答案也不行。"今天我们在这个世界上，已经不再是会记东西就有用了，上海的朱学勤有一句话讲得很妙："把背书背出来的大学生作为自己的研究生，是我的一个羞耻。”

要当一个作家，这不会太难的。你可以说，“哈哈，我可以持之有物，言之有理，我背名人语录”。是啊，以前我也背名人语录。古人说，“独学而无友，则孤陋而寡闻”。我那时候是写信交笔友，不像现在是交网友。做作文的时候，没有什么古人的话可以用，就自己编一个句子，在前边加恺撒大帝说，但是恺撒大帝从来就没有说过。那个时代，知识不够普及，所以你能够持之有故，言之成理，你引用了一大堆古人的话，觉得有学问。而今天，就不稀奇了！上网一查，什么资料都来了，随便你抄。今天这个时代，会记忆管什么用啊！你要成功就要学会思考，会使用工具，会创造，用你不同的眼光来看这个世界，写出你不一样的感觉！

十年前一定要死背，但是今天，你能赢人家的地方就在于你想到了什么新奇的东西。有一天，我从长岛打电话给纽约的一个出版商，我说：“我今天下午要进城，咱们碰个面吧。”他说：“我在佛罗里达，还要飞三个小时才到纽约。”我说：“天啊，你一年到底度假多长时间啊？”他说：“不多，一年才度假三个月。”“三个月！”我说，“你这样还了得！”他说：“我这个人之所以成功，就是因为我懂得在这个时代，不是再像老牛那样就可以成功的。在这个时代非常重要的是，躺在游泳池旁边晒着太阳，然后喝着东西，突然想到什么，啊，我就靠这个，就赢了。”这个时代靠的是思想！

我们要活出闪亮的人生，就要善于发现自己！知道吗？直到今天我还在想办法发现自己，想办法认识我自己。我们每个人在这个世界上，都要迫使自己达到极限。你不要以为你在学校里面功课最棒，将来到社会上就能成功。不一定！尤其是在今天，我们要开拓我们脑子里不一样的位置。以前我以为我不喜欢的，我不需要的，就不必去学，但是现在我才发觉，如果你努力学习在学生时代不喜欢的、不擅长的物理、化学、微积分之类的学科，它会有一个好处：可以把你大脑里面不同的部位都建立起公路网，当别人不通的时候，你就能够通。所以我们每一个人，发现自己也就是开拓自己，开拓大脑里面无穷大的空间。

我们要活出闪亮的人生，就要终身学习。今天的时代和以前不一样了。你如果看看《清明上河图》，那里头的车子、农耕器具是不是到民国初年还在使用呢？以前说家有万贯不如一技在身，找个师傅学手艺，三年出师了，用一辈子。现在你说你大学毕业了，你想用一辈子，对不起，办不到。所以，在今天是终身学习，你要不断提高自己的位置，不断提高自己的境界，你才能够活出闪亮的人生。我们要活出闪亮的人生，就必须告诫自己，不是学到大学毕业就完了，我们需要终身不断进步，不断提升。

我们要活出闪亮的人生，必须知道如何向人间施放爱。你们的爷爷奶奶、外公外婆把你们带大，可是现在他们剩下的是风烛残年的岁月，还有谁去关怀他们？如果以后你们回家，找个机会去抱抱他们，你会发现他们的眼睛里头可能会有泪水。为什么？因为也许已经十年甚至二十年都没有人抱过他们了。你们从小一直是他们抱着的，但是到他们风烛残年的时候为什么不去抱抱他们呢？所以，今天回去，放假的时候回去，就去抱抱你们的爸爸妈妈、爷爷奶奶，抱抱这些老人好不好？

1997年，我到隆安县的时候，那里的孩子跟我说，他们其实很用功。我说："你们很用功，未来怎么样？"他们说"我要进城""我要到隆安去"……有一天你要走向大城市、走向海外，有一天你可能很有钱，你可能很发达很有名，你要想一想，"我就这样满足了吗？"我在24岁写的《萤窗小语》里面说："人，如果没有更高的追求，就会在现实中沉落下去。"我们怎样活出闪亮的人生？我希望我们享受富足的时候、未来成功的时候，都能回头想一想，我们能为自己的土地、自己的家乡做些什么？

处世

散文精读·刘墉>>

坐在时光上

让我说几个真实的故事——

梁实秋的幽默

二十多年前，当旅居海外十几年的名作家梁实秋刚回到台北的时候，朋友们一个接一个地请他吃饭。

梁实秋是有名的“早起早睡的人”，晚上八点睡觉，天不亮，四点就起来写作。偏偏那些朋友都是夜猫子，每天请他深夜十二点吃夜宵。

梁实秋连吃几顿，受不了了，想出个好法子，对大家宣布：“谁请我吃夜宵，我就回请他吃早点。”

一班老朋友全怔了，你看看我，我看看你，笑起来，从此再也没人敢请梁实秋吃夜宵。

“随时恭候”与“准时候驾”

有位美国朋友，想找中国台湾的印刷厂帮他印一批东西，又听说印刷厂的生意多，有季节性，常会拖工，不按时交件，于是请我介绍几家可靠的。

“我也没把握。”我写了三个厂家的名字给他，说，“你还是自己观察吧！”

不久，他回美国，已经找到合作的伙伴。我好奇地问他：“你才去这么几天，怎么就决定了呢？”

“这简单！”他笑笑，“其中两家都在电话里对我说‘随时恭候’，只有一家，先要我等他查本子，再对我说‘下午三点十五分’。附带加一句‘不知道谈到四点钟，时间够不够？不够可以另外约’。我就决定了那一家。”

不准时下课的老师

我在美国大学教书的第一学期结束，为了解学生们的想法，特别跟学生讨论，请大家对我提出批评。

“教授，你教得很好，也很酷。”有个学生说。他停了一下，又笑笑：“唯一不酷的是，你常在每堂课一开始时等那些迟到的同学，又常在下课时延长时间。”

我一惊，不解地问他："你不是也曾经迟几分钟进来吗？我是好心地等。至于延长时间，是我卖力，希望多教你们一点，有什么不对呢？"

居然全体学生都叫了起来："不对！"

然后有个学生补充说："谁迟到，是他不尊重别人的时间，你当然不必尊重他；至于下课，我们知道你是好心，要多教一点，可是我们下面还有其他的事，你这样一延，就造成我们迟到。"

尊重别人的时间

以上三个故事，给了我们什么启示？

它告诉我们——

当你要别人尊重你的时间之前，你先得尊重别人的时间，而当你不守时，不仅是你自己的问题，也将连带造成别人的不守时。

只有尊重别人的时间，也掌握自己时间的人，才能得到别人的尊重。

旅美近二十年，我也渐渐学会对时间的尊重。

我知道跟别人有约，如果是晚上七点，最好准七点到达，即使抓不准，宁可晚一点，也不能因为提早半小时到，就擅自敲门进去。

道理很简单，说不定他还在铺桌布、扫地或洗澡，你早到，会使他手足无措，比迟到还失礼。

所以当我开派对的时候，常见门前停满车子，每辆车里都坐着朋友，大家全不下来，直到时间到，才一起下车，按铃进来。

尊重自己的时间

我也学会了怎样用尊重对方时间的方法，来要求对方尊重我。

譬如有个裱画店，以“拖”闻名。我去裱画之前，一定先打电话预约，说我几点几分到。届时，一分不差地到达，再约好某日几点几分去取件。

事先还拨个电话，重复一遍取件的时间。他居然对我从来都准时交件。

“进一步”掌握时间

我更学会了以主动的方式，进一步掌握时间。

譬如有一次，我应某大学的邀请晚上七点去演讲。

“你们演讲厅距校门口，走路要多少时间？”我问邀请的学生。

“三四分钟。”学生有点不解地回答。

“那好！我六点五十二分到你们校门口。”我说。

学生露出诧异的表情：“刘老师，我们那边会很塞车哟！尤其是六点多下班的时候，您最好能早点到。”

“你们放心。”我笑笑。

到了那一天，我下午四点多就坐车去学校的附近，找了一家幽雅的西餐厅，喝咖啡，看书，还把办公室的资料带去处理，然后吃完晚餐，一边看着表，一边喝茶。

六点四十八分，我起身结账，五十分走出餐厅，看见街对面校门口的学生代表，正抱着花，伸着脖子，好像心急如焚地等待。

看到我，他叫了起来：“老师，你怎么飞来的？那么准！”

他的眼神，又紧张，又疑惑，又兴奋，我永远不会忘。

筷人筷语

如果您去台北的某个西餐厅吃饭，听到其中一位客人喊：“有没有筷子？”拜托您先别笑，因为那个“老土”很可能是在下我。

您八成想我不会用刀叉，那可错了！我非但会用，而且技术奇佳，曾经在没有筷子可用的情况下，以刀叉吃油淋乳鸽，连一点“骨边肉”都没错过。

我之所以在西餐厅喊“有没有筷子”，是因为端上来的不是西餐，是中餐。举个最近的例子，一盘面旁边绕了圈榨菜炒肉丝，上面撒了些肉丁，再盖上一个荷包蛋。请问这是西餐吗？就算做成西餐的样子，吃那细细小小的榨菜肉丝和肉丁，是用刀叉方便还是筷子方便？至于生菜沙拉更甭说了，一片片薄薄的菜叶和撒在上面的核桃仁、火腿末，多难叉？如果叉剩下最后几片，被沙拉酱粘在盘底，简直麻烦极了。会用筷子的人碰上这场面，能不在心里暗骂吗？

何止在西餐厅，说实话，我只要坐中国人的班机，管他中餐西餐都要求用筷子。道理很简单：我赌口气！为什么在飞机上如果不先问，送上的常是刀叉？就算“9·11事件”之后怕劫机，不准用金属餐具，航空公司也宁可提供软软的塑胶刀叉，却不换成温文儒雅的筷子？

筷子当然比刀叉儒雅，“刀枪剑戟、斧钺钩叉”，十八般武器里少不了“刀叉”，可曾包括“筷子”？就算把筷子放大成为“棍子”，执棍总比执刀拿叉来得文些吧！

而且刀切是破坏，叉插也是破坏。用刀叉的人，连送进嘴巴的最后一刻都在对食物作凌迟。筷子则不同，它不是破坏而是“和同”，既完成了传递的任务，又没作“穿刺”的酷刑。这不正是中西文化的差异吗？西方人搞征服，中国人讲同化；西方用刚烈的“人定胜天”，中国以包容的“天人合一”。

筷子更表现了中国人的智慧，您想想，如果有一天大伙出去野餐，临时发现忘了带刀叉，洋人全傻眼了，可咱在乎吗？随便折两根小树枝不就解决了！

筷子何止是吃饭的工具，它根本成为“手的延伸”。最近有洋朋友来，我老婆炒了一盘小鱼干，那洋人不会用筷子，只见他用叉子在白瓷盘里左刺右刺，硬是叉不起来。再用刀往叉子上拨，刮得盘子吱吱尖叫，狼狈极了。反观老夫要夹哪条夹哪条，连半颗豆豉都轻轻松松入口，看得洋鬼子直喊非学用筷子不可。

其实这年头会用筷子的洋人已经不少，甚至能教其亲友，显示他有本事，中餐馆的筷子包装上还常有图画解说。如果洋人驽钝，堂倌则会用个卷起的纸条夹在筷子之间，再拴上一根橡皮筋，成为“筷夹子”。提到“夹子”，我有个美军朋友说得妙，有一回他们不小心把个螺丝钉掉到机器缝里，洋人想尽办法都掏不出来，用夹子去夹，不是太宽就是太短。最后还是由咱们出马：简单嘛！拿两根细细长长的筷子，轻轻松松就把螺丝钉夹出来了。

虽然说筷子是中华国粹，却有不少咱们同胞不会用筷子。也不是真不会，而是用得不精或不标准。

标准没个定论，但至少要夹得准确有力。举个例子，我岳母不太会用筷子，于是我太太不行，我儿子女儿也跟着不行。可我一批评就“茅坑里扔炸弹——引起公愤”。老婆先瞪眼：“我用半辈子了，饿着了吗？”女儿更悍：“上次华人园游会，用筷子夹水碗里的弹珠，谁夹得最快最多？我！”

没错！那拿筷子像拿剪刀的人，也能夹起小东西，只是力量不足。其实有力不难，用筷子跟用嘴一样，我们上面牙齿固定在头骨上不会动，真正动的是下颚。筷子要夹得有力，也必须一根不动、一根动，“不动如山的”守住底线，“会动的”前去配合，才能产生极大的力量。

我可是做过实验才得到这个结论。以前服兵役的时候，我只要批评哪位同胞不会用筷子，对方不服，就拿个东西要他先夹住，由我用筷子去抢，八成轻轻松松我就能赢。如果对方不服，反过来我夹住，由他抢，九成他会输。小时候儿子不会用筷子，我更在餐桌上抢他到手的好菜，有时候美食都到他嘴边了，我一伸手就抢下来，气得他不得不重新学习用筷子。而且有样学样，看到别人用筷子不标准，他也会纠正。

最糟糕的是有一回他的中国女朋友请他回家吃饭，我儿子发现她一家人居然都不会用筷子，非但在餐桌上口头纠正，还当众示范，抢走女朋友弟弟筷子上的好肉。当天晚上女朋友就翻了："我请你吃饭，不是要你来批评我们全家都不会用筷子！"

儿子跟女朋友吹了，却来怨我从小给他灌输"用筷子的大道理"，使他有了"强迫性思考"，看到谁不会用筷子就不顺眼。还是我女儿棒，她照样大剌剌地在我面前用她习惯的"剪刀式"。可是只要出去应酬，就换成标准式。问她为什么，她说在外面用不标准，会丢人。

没错！会丢人！因为吃是文化，用刀叉的礼貌是文化，用筷子的技巧也是文化。文化当然要精益求精。所以很多年前日本政府就提出要教下一代用筷子的正确方法，我还听一个韩国朋友说，他小时候不好好用筷子，会被老爸斥责没教养，甚至赶下桌。

如果连日本、韩国人都要发扬我们的筷子国粹，咱自己能不讲究吗？搞不好改天韩国人又要说筷子是他们发明的了。而且这非但是文化，还牵涉到民族自尊心和自信心。凭什么洋人上中餐馆喊着要用刀叉，我们不会觉得奇怪，咱中国人上洋餐馆就不能喊“我要筷子”？凭什么洋人的飞机上只给刀叉不给筷子，咱们的航班也有样学样？难道连咱们自己人都认为刀叉比筷子文明吗？

所以我在文章一开头就说，我在西餐厅要筷子是赌口气。如果连这点自信都建立不起来，连在中国的西餐厅都耻笑“用筷子的人”，咱们能指望有一天当老大、有一天华语成为世界最通用的语言吗？

我甚至要呼吁：从今天开始，只要是咱们自己的航班，吃中餐都只上筷子；就算西餐用刀叉，也附一双筷子。

您别笑吃西餐用筷子有点不伦不类，这叫“西餐为体、筷子为用”，咱大中华包容化育的新体现！

事半功倍的方法

一架飞机撞山失事了！

成群的记者冲向深山，大家都希望能抢先报道失事现场的新闻，其中一位广播电台的记者拔得头筹，在电视、报纸都没有任何资料发布的情况下，他却做了连续十几分钟的独家现场报道。

电影圈突然一窝蜂地拍摄由动物参加演出的影片。虽然大家几乎是同时开拍，但是其中有一家，不但提早推出，而且动物的表演也远较别人精彩。

你知道为什么那位记者能抢个头条吗？

因为他未到现场之前，先请司机占据了附近唯一的电话，打到公司，假装有事通话的样子。所以当他做好现场报道的录音，跑到电话旁边，虽然已经有好几位记者等着，他却只是将录音机交给司机，就立刻通过电话对全国听众做了报道。

你知道那位导演为什么成功吗？

因为在同一时间，他找了许多只外形一样的动物演员，并各训练一两种表演。于是当别人唯一的动物演员费尽力气，也只能演几个动作时，他的动物演员却仿佛通灵的天才一般，变出许多高难度的把戏。而且因为好几组同时拍摄，剪辑好立刻就能推出。观众只见其中的小动物，爬高下梯、开门关窗、取花送报、装死搞怪，却没想到全是不同的小动物演的。

我讲这两个故事，是为了告诉你，这世间许多“非常的成功”，是以“非常的手段”达成的，那未动手之前的战略和构想，在一开始，就注定了他们的胜利。

同样的道理，我建议你在做每件事之前，甚至每一天的早晨，对将要做的事情制订个计划，而不是慌慌张张动手之后才去思想。

上帝给每个人同样的时间，只有那些事半功倍的人能有过人的成就，也只有知道计划的人能够事半功倍。

不负我心，不负我生

有位读者写信给我，劈头就问："您说自己的处世原则是不负我心，不负我生，又讲'世间本无法，法在我心'，这表示您什么都不信，只信自己了。"

我当时一怔，觉得不无道理。但我并非刚愎自用，大不了是相信自己认知的事。而且这两句话不一定是我发明的，所以我又上网查"不负我心，不负我生"。网上一下子跳出几百万条，居然没见什么古人的名字，只见到引述我在不同地方提到这两句话，搞不好，"不负我心，不负我生"真是我造的了。

问题是，我从什么时候，产生这"想法"呢？大概得从小时候说起了：

初中一年级，学校发给每人一个小册子，封面上印着"日行一善日记"，大概因为那时候提倡日行一善，所以规定每个孩子要记下善行。导师说得好："你可以一天行三善，但是分开三天写，绝不能空白一天，只要有一天没行善，就扣分，而且是扣操行分数。"

“日行一善日记”每星期交一次，到了那一天，只见大家抓耳挠腮，绞尽脑汁地编“善行”。记得我旁边桌子的同学，天天写“为爷爷擦屁股”。不知是真是假。

我当时最常写的是“熄灭遗火”，意思是有没灭的火种，可能造成火灾，我把它熄灭。为了不撒谎、不编织假的善行，我好几次差点被车撞，因为当我过马路的时候，看见未熄的烟蒂，会立刻停住步子，甚至猛地往回跑，过去把烟踩熄。

今天回想起来，我是从小就有“强迫症”，因为不但看到烟蒂，管它灭了没有，我有非踩不可的冲动。而且好几次在路上看到香蕉皮，当时没管，却愈走愈不心安，最后不得不回头把香蕉皮捡起来。甚至上大学都一样，有一回在地下通道台阶上看到个空瓶子，没理睬，都走到街对面了，心不安，又跑回去把空瓶子扔进垃圾桶。

我为什么不安？是良心不安！因为我会想，如果一个孕妇不小心踩到香蕉皮或瓶子，摔伤了，流产了，怎么办？我还想得更远：说不定那孕妇怀的孩子将来能成为伟人，改变人类的历史，这一摔，对世界的影响可大了。而我如果不及时把香蕉皮和瓶子捡起来，这罪过也大了！

后来，在谈命理的书里，居然看到类似的说法。譬如讲一个人莫名其妙地好命，可能不是他自己修来的，而是他的祖先积德，那“德”又不一定是修桥补路，而可能是在街上移开一块石头，在溪边放生一只王八。套句现在的流行语“蝴蝶效应”，就因为那么个小动作，竟然产生连锁反应，改变世界。如果变得好，当然是积了大德，所以即使没报在当时，也会报在后代的子孙。

我这“不负我心，不负我生”的想法，到中年就更严重了。我太太一直到今天都怨，我有一阵子到了睡觉前就犯毛病。不是说自己写了文章没画画，就怨画了画没写文章，再不然怨书读少了。听她这么说，我的答案很简单：“怎不说我向圣人看齐呢？这不是曾子的‘一日三省吾身’吗？还有黄山谷说‘三日不读书便觉面目可憎、言语乏味……’。”可见跟我有同样毛病的人不少，他们不靠外力逼，而靠自省，往往能有成就。

三毛显然也犯这毛病，她有篇文章好像就叫《不负我心》，说她晚上心不安，正不知怎么形容那种心境，看到我文章中的“不负我心，不负我生”，觉得“真是一言中的”。可不是吗？她有一回打电话给我，说只为写两千字的东西，已经五天没出门了，我问她：“谁在催稿？”她说：“没人催，是自己在催。”

“自己在催”比什么都重要，想想，一个孩子，大人不催不学习，跟自己催自己学习，哪个管用？自己催，凡事希望“不负我心”，是忠于自己、忠于良心。就算过度了，成为工作狂、偏执狂，甚至有“强迫性行为”，也比凡事被动来得好哇！

我很喜欢英文DIGNITY，可惜中文没有完全对应的字，翻译成“庄严”，太表面了！翻译成“自尊”，又太自我了！翻译成“被别人尊重、肯定”，又太被动了！DIGNITY既是对外自信的表现，更是对内的自我肯定与期许。它不应该因为别人肯定才自我肯定，更不能为了得到别人肯定而刻意表现。

记得有一回，我跟太太去花店买连翘花，当时高速公路两边都在盛开连翘，太太笑说：“路边伸手拔一棵不就成了，足足省下三十块美金。”我的回答是：“我的DIGNITY，远超过这三十块钱。”

也记得以前有位开画廊的朋友，聊天的时候说当人问他往哪个方向去的时候，他如果往西，却不愿透露，他会讲“我没往北去，也没往南去”。

别看他淡淡的这么一句话，却深深留在我心，而且在文章里再三提到。尤其是他说为什么只要撒个小谎就成了，他却坚持不做，是因为他人格的价值远远超过那句谎言。

前两天看电视上有关梅兰芳的报道，说日本侵华的时候，梅兰芳想尽办法推辞演出。又说第二次世界大战之后，梅兰芳去日本找他的一个老朋友，从东京找到大阪，终于有了消息，可惜是个坏消息：那朋友已经死去多年。

梅兰芳依然去那人家中，鞠了躬，并在桌上留下一副景泰蓝的袖扣，是第二次世界大战前答应那日本友人的。

我关了电视，想梅兰芳的演出，想《梅兰芳》的电影，觉得都不如刚才看到的那副袖扣。我也想起挂剑的吴季札、《诗经》里说的“不愧于屋漏”（意思是在最没人见到的地方，也不做亏心事），和《论语》里的“久要不忘平生之言”。

不负我心，不负我生。世间本无法，法在我心！

理直气和

“小姐！你过来！你过来！”顾客高声喊，指着面前的杯子，满脸寒霜地说，“看看！你们的牛奶是坏的，把我一杯红茶都糟蹋了！”

“真对不起！”服务小姐忙赔不是，笑道，“我立刻给您换一杯。”

新红茶很快就准备好了，碟边跟前一杯一样，放着新鲜的柠檬和牛乳。小姐轻轻放在顾客面前，又轻声地说：“我是不是能建议您，如果放柠檬，就不要加牛奶，因为有时候柠檬酸会造成牛奶结块。”

顾客的脸一下子红了，匆匆喝完茶，走出去。

有人笑问服务小姐：“明明是他土，你为什么不直说呢？他那么粗鲁地叫你，你为什么不还以一点颜色？”

“正因为他粗鲁，所以要用婉转的方法对待；正因为道理一说就明白，所以用不着大声！”小姐说，“理不直的人，常用气壮来压人。理直的人，要用气和来交朋友！”

每个人都点头笑了，对这餐馆增加了许多好感。往后的日子，他们每次见到这位服务小姐，都想到她理直气和的理论，也用他们的眼睛，证明这小姐的话有多么正确——

他们常看到，那位曾经粗鲁的客人，和颜悦色、轻声细气地与服务小姐寒暄。

尊重别人就是尊重自己

最近有件很令我感动的事。有一天，在台北我跟一位同学去停车场开车，刚进停车场，就看见一个年轻漂亮的小姐，拿着卫生纸正给她的狗擦屁股。因为画面太有意思，我就偷偷看，只见那小姐擦完，打开车门，先把刚才用完的卫生纸放进车里，再把狗抱上车。我的同学说："好恶心！"但是我说："好感动。"她把卫生纸放进车里，而不是扔在地上，令我感动。

这件事让我想起三十年前，在纽约中央车站，看见的一个相似的画面。一位穿着华丽的贵妇，趴在大厅中央的地上，当着旁边上千经过的人，用卫生纸擦她刚刚打翻的咖啡。纸不够，又到旁边的洗手间拿，回来继续擦。我对同行的朋友说："真丢人！"朋友却笑笑说："真令人尊重。"

尊重和自尊的关系很微妙：我儿子念中学的时候叛逆，我说什么他都不听；同样，因为我常看不惯他，所以他说什么我也不听。但是他说过两件事，我不但服气，而且难忘。

事情是这样的：有一天，我们看篮球赛转播。刘轩问我："你有没有发现投进球的人总是第一个反防？"我说："投进球的人，刚冲锋陷阵，一定最累，而且可能最接近对方的底线，为什么还最先反防？"刘轩理直气壮地说："就因为他立了功啊！人有自尊的时候会更拼命！"我当时没答话，但是后来观察，他说得一点没错，投进球的球员确实常常反防得更快。

还有一天，在街上走，看见墙上被人涂得乱七八糟。我骂："真差劲！没公德！"

刘轩竟不以为然地说："你注意的话，就会发现他们乱涂乱画当中，也有一种公德。"我怔了一下，叫起来："有什么公德？"刘轩说："当然！你看，哪个涂鸦画得特别讲究、特别漂亮，别人就不会在上面再乱画，所以那些特别好的涂鸦能一直留在墙上，让大家欣赏。"

我当时也没吭气。可是后来发现他说得没错，在大片墙壁当中，你可能看见四周被涂了又涂，中间却留下幅最棒的，没人碰。每个涂鸦都躲着那张最棒的，使那张画好像成了众星拱月，特别突出。我儿子说得对——"为什么大家'让着他'？因为他画得好，下的功夫深，所以获得大家的尊重。"

"自尊"与"尊重别人"，是我们常挂在嘴上说的词，但是表现出来，却可能大不同。记得有一天朋友聚会，有人说笑话——老公下班回家，一进门就问他老婆："今天哪个男人来过了？"太太吓一跳："你怎么知道有男人来过？确实有人来，是修水管的工人。”那丈夫一笑说：“我当然知道。我一眼就看出来了，因为抽水马桶的坐垫是翻上去的。”

讲完，大家都笑了。可是有位太太很不以为然地说：“算了吧！这丈夫以为他聪明，其实不见得，因为只有没教养、不尊重女性的男人，才会在掀起马桶坐垫小便之后，不再放下来。”然后她看看四周的男士，指着每个人问：“你们说，你们是不是不尊重女人？你们小便时，以为把坐垫掀起来就是有礼貌了，却从来不知道再把坐垫放下来！”

谈到厕所，也让我想起飞机上的洗手间，几乎每个盥洗盆前面都会有个小牌子写着：为了方便下一位乘客使用，请在洗手后将盥洗盆擦拭干净。

每次我在洗完手之后，先放水，擦干手，还得用纸细细擦拭盆子。如果擦手的是不吸水的人造纤维毛巾，有时候擦了十几圈，都擦不干。我不敢不擦，因为当我推开门，很可能有位旅客接着走进来，如果看到我好像没擦，不是会怨我不懂礼貌吗？

“自尊”与“尊重别人”其实是一回事，因为你不能对别人表现尊重的时候，会被人看不起，也会伤到自尊。譬如推门，不顾后面有人，把门一放，差点打到那人的鼻子，是不尊重别人。你吃自助餐，餐台上的龙虾只剩三块了，你暗自高兴地想：幸亏现在轮到我，要不然，就吃不到了。于是你一口气把三块全夹进盘子，却不顾后面还有长排等着的人。当你大摇大摆，端着三块龙虾离开的时候，是不是也显示了你的自私？同样的道理，中国人吃饭有规矩，不但大人没吃之前，晚辈不能先吃，而且晚辈只能夹最靠近自己的菜。不是说远处盘子的食物不能吃，而是一盘菜，当自己最爱吃的那块东西在盘子的另一边，不能去夹，只能夹靠近自己那一侧的，也可以说，你可以夹，但不能挑。各位有没有想过为什么？因为当你挑，把好的挑去，表示把不好的留给别人，甚至是留给长辈，非但显示自私，而且是对同桌人的不尊重。

“自尊”与“尊重别人”，更表现在“守时”这件事上。台湾著名导演李行讲过一个故事，令我印象深刻。

有个著名的男演员，耍大牌，常不守时。有一天拍戏，大伙全到了，独独不见那个男演员。导演说：“等他！”二十分钟，三十分钟，一个钟头，导演、演员、摄影、灯光、场记、场务，大家全乖乖地等。终于，那男演员到了。导演没骂他，但是也没开工，而是站起来，对所有的人说：“好了！收工！”于是灯光灭了，大家全走了，留下那个演员，呆呆地站在黑黑的场子中间。从此，那男演员再也不敢迟到。为什么？因为由他不尊重别人这件事上，伤害到了他的自尊。

我还记得一个画面，那是在一个丧礼当中，有人进门就大声地四处打招呼，发现大家反应都很冷，愣了一下，感觉四周的气氛静穆，突然整张脸都变得通红。

相信大家在图书馆之类的安静场合，也见过这种画面。当大家都安静，只有你一个人喧哗的时候，丢脸的一定是你。只是各位想想，你会不会在深夜旅馆的走廊或安静的街头，也曾经大声喧哗？你没觉得丢脸，也没觉得不安，因为除非那些被吵醒的人抗议，你不会知道自己破坏了别人的安宁。所以尊重别人，常不是公德，而是私德。从心灵深处在乎别人的私德，常常比公德更重要。

你有道歉的能力吗

在《读者文摘》上看到一篇题为《迟到三十九年的道歉》的文章。

一个优秀的十二岁男孩以色列森，由于写作的表现杰出，深受老师艾柏瑞的宠爱，但有人说是因为艾柏瑞是同性恋，他喜欢以色列森。有一天，以色列森去见校长，说他不想上艾柏瑞的课了，接着他就回到班上，打断艾柏瑞的课，把校长的同意书交给老师，当着全班的面，收拾书本，转身离开。

以色列森后来因自己的鲁莽很后悔，因为他没向艾柏瑞解释转班的原因，又当着大家的面给老师难堪。多年后想回学校向老师道歉，老师却早已离开了。

他四处打听艾柏瑞的去向，还到网上搜寻，经过了三十九年，终于找到正担任义工的艾柏瑞，当面说出自己深藏的歉疚，也让艾柏瑞解开了三十九年的疑团。

谁能在生命中没歉疚

以色列森向老师道歉，也是被启发的结果：他娶了一位墨西哥女子为妻，生了两个孩子。有一天大舅子找他，很慎重地向他道歉，说早年因为不希望家族里有个白人，曾经想尽办法把以色列森和妹妹拆散。多年来，这件事一直困扰着他，现在他终于决定说出来，向以色列森郑重道歉。为什么把歉疚藏在心里，成为自己以及受自己伤害者的终身负担？为什么不大胆地说出来？

以色列森向三十九年前的老师道歉的消息传开，许多人被感动，觉得应该把深藏的歉疚说出来。报道这篇新闻的报纸，甚至特别开了个道歉专栏，刊登那些有歉疚却无处诉的当事人的心声。

生命中不能承受之重

道歉，可以很简单，也可以很沉重。大多数人因为好面子，因为犹豫，因为不知道被道歉的人的反应，而把歉疚留在心中一辈子。

问题是，歉疚如同枷锁，锁在自己身上。道歉之后，就算挨一顿骂，甚至一番侮辱，又如何？心灵的伤害远大于表面的惩罚啊！何况从道歉的那一刻起，就能卸下沉重的枷锁。

当然，道歉常常伴随补偿，当是非不明，甚至受害人都搞不清楚状况的时候，那做错事的人可以躲过刑罚，也不必赔偿。许多人就因此，即使犯了天大的错，也不敢承认。

不可死不认错

许多杀人犯不就是如此吗？在审判过程中，他们坚决否认自己犯了罪，直到死刑定案，上法场前才终于悔悟，对受害者的家属表示最深的歉意。

没错！死者不能复生，杀人凶手伏法，也无法再给什么赔偿，但是他能说出真相，让疑团得以解开，使无辜的人能够洗脱嫌疑，可以用自己的一条命偿还，毕竟还有正面的意义。

相对地，如果他至死不悔，反而是他最大的错误，也是对社会最坏的示范和对死难者家属的又一次伤害。

迟来的道歉与正义

道歉，最好想做就做，早点解开彼此的心结。如果实在有难处，暂时埋藏在心底，等到有一天，有勇气也有能力的时候再道歉，还是会获得尊重。

一个对朋友有歉疚、害对方损失惨重的人，事隔多年，在事业有成之后，突然主动找到当年被伤害的人，坦承自己的错误，然后好好补偿，不是很好的事吗？

当年你偷偷犯了错，没人知道，但你自己知道，藏在心底，默默努力，目的就是有一天能好好赔偿对方。当年你可以道歉，但是没条件，就算道歉了也难补偿。可能反不如你将功折罪，隐藏着，直到有能力补偿的那一天。

壮丽的华沙之跪

1970 年 12 月 7 日是个寒冬的雨天。联邦德国总理勃兰特来到波兰华沙，在死于第二次世界大战中的犹太人的纪念碑前献花。他肃立碑前，低下头，向死者致敬哀悼，突然，双膝一屈，硬生生跪倒在湿冷的墓碑前。

勃兰特虽是德国人，但他也是曾被希特勒迫害的反纳粹者，为了反抗，他四处躲藏，流亡到丹麦、瑞典，成为报道纳粹罪行的记者。战后他才回到联邦德国，先当选西柏林市市长，再上层楼，成为联邦德国总理。

他为什么下跪？为他的国家、为他祖国犯的错表示最深的忏悔。他的“华沙之跪”没有贬抑联邦德国，反而被誉为“欧洲千年来最有力的谢罪”，使他获得诺贝尔和平奖。

伤你的心，就是我的错

越是有实力、有勇气、有自尊，敢于面对自己的过去与未来的人，越能道歉。

越是有爱心、不忍人之心、肯牺牲奉献的人，越能为不是自己的错而向对方道歉：对不起！我不该让你不高兴。且不论谁对谁错，令我所爱的人伤心，就是我的错！

人生百忌——忌不道歉！忌字典里没有对不起，忌死不认错。

聆听的学问

在人们聊天的时候，经常会出现这么一个现象——

其中一人正兴高采烈地对众人讲述，却发现大家突然交头接耳，岔到别的话题，原来的听众似乎一下子全转向了。

正当他尴尬得不知如何是好的时候，如果你能做他唯一的忠实听众，甚至大声地追问："继续说啊！下面的事情怎样发展？"他一定仿佛溺水时突然抓到援手一般，眉头一扬，又恢复了精神，续完他的故事。

每个人都可能碰到过这样的场面，都可能是那个故事说到一半、不知如何是好的人，也或许是那及时为人脱困的朋友，更可能是另起炉灶，岔开他人话题，而换成自己发挥的人。

但是我相信，最令你感激难忘的，应该是那追问你"继续说啊！下面的事情怎样发展"的朋友，最让你咬牙切齿的，则是泼你半盆冷水，大家突然转变话题的场面。

说话时，使听众注意力集中，是一门学问。

听话时，集中注意力于说话者，更是一门学问。

因为前者是一种才能，后者是一种德行。

这种德行，可能包含着尊重、体谅与忍耐，并不是人人都能做到的。

当我们听演讲或音乐会时，知道要准时入场，中途不能讲话，也不该离座，因为这是对台上人的尊重。

如果这台上人的演出很差，你却能维持风度地听下去，不就是一种忍耐吗？

问题是，忍耐对你来讲只是一时的，如果你半途离场，对台上人的伤害，却可能是永远的。

有位舞台剧演员对我说，他一辈子也不会忘记有一回在戏中独白到舞台边，突然听到下面传来嗑瓜子的声音，虽然只有一响，他却气得差点从台上跳下去，掐住那个人的喉咙。

他为什么那样气？

因为他觉得自己没有被尊重，那嗑瓜子的一声响，伤了他的自尊心，而这种伤害常是永远的。

至于我说聆听人讲话，也是一种体谅，就更值得你深思了。因为“事不关己，不关心”，你会发现许多在述说者心中最了不得的事，在外人的耳中，却是极无聊的。

譬如遭遇情感问题的人，谈她少收到几封信、白打了几通电话；得意的父母，说他的孩子又考了多少第一，得了几个甲上；甚至沉迷于宠物的人谈他的猫狗如何通灵懂事。如果你没有体谅，不知道情人心、父母心，乃至宠物心，再加上缺乏忍耐与尊重，是极可能无法长久听下去的。

我有一位朋友，曾在长途车上，用几个钟头说他研究制作纸花的心得，仿佛他已经是世界上最伟大的纸花艺术家，并计划如何打开全球市场。

隔了几个月，他又改变话题，说他得到一种家传秘方，将可以大量生产，且会得到诺贝尔奖。事后同行的人怪我，为什么一直听下去，而且有唱有和的，明明知道他在做梦，为什么不拆穿，又何苦做他的唯一听众。

我说：因为这是他再三遭遇挫折后，唯一做梦的机会。有些人的梦可以早早打断，有些人做梦的权利，却不是我们应该去剥夺的。

这种听话的忍耐力，是因为我了解他的苦，也可以说是一种体谅。

从以上这些例子，你应该知道，聆听人讲话，是一门多大的学问！你要学着去尊重、去容忍、去谅解。也必能因此而获得对方衷心的感激。

基本礼貌

记得吗？当我们搬来湾边之前，每个夏天的傍晚都要跑过好几条街，到一家杂货店去打电玩。那个店门口总是聚集着许多十六七岁的小伙子，剃着奇怪的朋克或光头族发型，在一起打打闹闹的。我们还看过他们在街角的阴影里吸大麻烟，甚至扭打成一团。

但是，我们居然毫不在意，一次又一次地去那里打电玩。原因很简单——我们发现，他们是“人不犯我，我不犯人”的，甚至可以说，他们居然都有着不错的礼貌。

当我们进去时，如果他们正堵在门口，必然会立刻让开，还说声“对不起！”又总是为我们拉着门。

当我们玩到一个段落时，尽管他们早已将硬币放在机器上排列着，表示在等待，仍然会礼貌地问：“你是否不玩了？我能不能接手？”

起初我有点怀疑，为什么他们有这样好的礼貌，会不会因为我们是东方人，对远来的比较客气？抑或因为我已三十好几，你才不过十岁，与他们不属同一层次，而礼让三分？

但是经过长久观察，我发现他们对每个客人都有同样的礼貌。

有一次，我跟美国朋友提到这个情况，终于获得了答案，朋友说：“必定因为那些孩子的家庭从小就教导他们应有的礼节，大人们之间也都举止优雅，所以礼貌成为他们自然的反应，不必经过大脑就会产生，即使到叛逆期也不会改变太多！”

这使我想起有一次逛游园会，有一只狗在人群间打了一个喷嚏，居然好几个人不约而同地说：“保佑你！”然后他们才发现打喷嚏的是狗，而笑了起来。那句“保佑你”不是一种习惯吗？不必问是谁，自然就会反应！

又使我想起刚来美国教课时，一个学生的笔滚到我的脚边，我便将它捡起交给学生。那学生说：“谢谢！”我没有立刻反应，隔了两秒钟才回答：“不客气！”居然全班都笑了起来。

这是为什么呢？

因为那“不客气”在西方人是自然的回应，理当立即脱口而出，我却没有养成这种习惯，而在思考之后才回答，那“不客气”就带有“最好少来”的意思了！

尤其可怕的是，当我们的基本礼貌有问题时，立刻会引起别人的敏感，甚至产生误会。

譬如去年我刚从台湾回来，赶到学校办公室时，秘书居然问我：“是不是家里发生了什么事？听说你有些不高兴！”

“没有啊！我很好！”我诧异地回答。

经过追问，才知道原来是因为当我跨进电梯时，虽然跟里面的同事打了招呼，却没有请靠近按钮的朋友帮我按三楼，而是自己伸直了手臂去按。

在台湾，这是很自然的事，大家认为要别人帮忙按是打扰，理当自己动手，岂知在此地，人们觉得在餐桌上帮别人递胡椒罐，在电梯里帮人按按钮，或为人拉着门，是一种礼貌。

不请对方帮忙，硬是“跨位”到别人前面自己动手，反成为不礼貌了。只怪我一时未能反应过来，没觉察到民情的差异，而引得同事误会。

由于你母亲对我感慨地说，发现别人的孩子在父母开车接送时，都会说“谢谢爸爸！谢谢妈妈！”，而你却半声不吭，好像父母欠你的一样，使我讲以上的故事给你听。

礼貌不但是一种“诚于中，形于外”的表现，而且要能成为一种当然的反应。越是进步的国家，越是讲求礼貌，因为那代表着尊重、体谅与包容，没有这三者，社会不可能和谐，人际不容易和睦，民族将难以团结。

由“己所不欲，勿施于人”，到“己所欲，施于人”，就是礼貌的真正精神！

你的嘴甜不甜

今天早上，我起床，发现家里一个人也没有。只好打你妈妈的手机。

手机是你接的。

“你们到哪儿去了啊?”我问。

“你难道不知道我今天要上中文吗?”你在那头喊，“我们正在去徐老师家的路上。”

晚餐前，我到厨房的柜子拿酒杯，你也过来，伸手往同一个柜子里摸。

“你要什么?”我问你。

你没答，从柜子里拿出一个碗，把碗在我眼前晃了晃，就转身走了。

早上，因为你正要去上课，我不好多说；晚上，又因为是吃饭前，怕影响你的情绪，我也没讲话，但是现在我必须对你叮嘱一番。

记得你上幼儿园时，老师曾经要你交一张通知给爸爸妈妈吗？

那通知是教父母怎么跟幼儿说话。

“幼儿们要听直接的、肯定的话。”通知上说，“当孩子做危险动作的时候，大人不能说‘你要死啦？爬那么高’，孩子会因为听不懂而不知所措。搞不好，大人太疾言厉色，原本孩子抓得稳稳的，反而吓一跳，摔了下来。所以大人要对孩子说：‘快点下来，那样太危险了。’这句话因为直接，孩子一听就懂了。”

你还记得不久之前，学校发了一张单子，教你们怎么说话有礼貌吗？

那张标题为《好好表达》的单子上印着：

请！

谢谢你！

原谅我！

对不起！

你好吗？

祝你玩得愉快！

那真太好了！

让我们轮流。

我会与你分享！

来，跟我们一起坐！

我能帮你吗?

来跟我们一起玩!

你是个好朋友!

现在轮到你了。

你那方面真棒!

我喜欢你的点子。

我可以体会你的感觉。

我们总给你留个位子。

我现在就给你看。

祝你好运!

记得那时候，你把单子拿回家，爸爸还觉得好奇怪——“天哪！都上初中的孩子了，还教这些最基本的句子。”但是今天我懂了。越是当你们大了，有了主见，或进入青春期，越得教你们说话的礼貌。

譬如你今天早上，对我说话，不是就不够礼貌吗?

当我问你在哪里的时候，你为什么不直接说“我们在去上中文课的路上”? 相反地，你用了一句责难的话——“你难道不知道我今天要上中文课吗?”

孩子！你大了，应该知道说话的技巧。会说话的人，绝不是总以责难语气咄咄逼人的。

想想，如果天气冷，你穿少了，妈妈对你吼:“你想冻死啊？”是不是在感觉上远不如她对你温柔地讲：“今天天冷，多穿一点？”

想想，如果你在教室里开窗子，有同学对你喊：“你不冷吗？你不冷，我们冷。”

是不是远不如她对你关心地说：“别开窗子吧！回头着凉了。”

“多穿一点”和“别开窗子”都是正面的句子，好比你上幼儿园时老师教我们对你说话的方法，不是很简单、很明确，感觉上比你用责难的“问句”好多了吗？

相对地，有许多直接而简单的句子，你又应该改为“问句”，才显得婉转。

譬如你问：“对不起，我能否离开一下？”“对不起！我能否打扰您一分钟？”

“十分抱歉！您能否再说一遍？”“能否麻烦您把胡椒粉递给我？”

这些问句不是“责难别人”，而是“责难自己”，表示“因为我有事，不得不离开”“因为我有问题，不得不打扰您”“因为我没听清楚，要麻烦您重复一遍”“因为距离太远，我得麻烦您帮个忙”。

你说，那感觉是不是比你直接讲“我有事，要离开”“我要问一件事”“你再说一遍”“把胡椒粉递给我”感觉有礼貌得多？

再谈谈你晚餐前拿碗那件事。

你知道中国人常用“颐指气使”形容人没礼貌吗？

“颐”是“面颊”，“颐指”的意思是用半边脸来指挥；“气”是“气音”，“气使”表示用“哼、嗯、喂”的语气使唤人。

西方世界也一样，当你指挥别人，却只有动作、没有声音的时候，是最没礼貌的。

举例来说，你去餐馆，茶杯空了，你最好对侍者说：“能否麻烦您，帮我续杯？”或者一边指杯子，一边简单地问他：“我是不是可以？”

除非那侍者距你很远，你叫他，会吵到别人，你绝不能只指一下杯子。即使指杯子，不说话，你也一定要看着他，露出笑容。

至于你去银行或邮局那些柜台外面有玻璃的地方办事，更要注意。不能用敲玻璃来引起对方注意，而必须开口说话。即使不得不敲玻璃，也必须伴随着说一声：“对不起！打扰您。”

好！现在回头想想我要纠正你什么！

晚餐前，你把手横过我面前去拿碗，是不是不如开口问：“爹地，能不能请您把碗递给我？”

就算你自己拿了，当我问你要什么的时候，你是不是也应该开口说“我拿碗”，而不是在我面前晃一晃？

最后，让我告诉你两件有意思的事——

我在研究所念书的时候，有个在餐厅打工的同学曾经偷偷说："如果有客人耍大牌，颐指气使，我就在他的菜里吐口水。"

还有一个在领事馆做事的朋友说：

"我最恨人家敲窗子了，我又不是动物园里的动物。他只要敲，我就装作忙，要他等；如果他再敲，我就找他麻烦，给他刁难。"

无可否认，这两个人做事的态度都很不对。但是你能不知道、不警惕吗？

没礼貌，除了显示自己没教养，还可能吃暗亏啊！

你不可不知的人生

一盏一直亮着的灯，你不会去注意，但是如果它一亮一灭，你就会注意到。

每天吃饭、睡觉、上学、上班，你不会觉得自己幸福，但是当有一天你遭遇了大病、失业、失学、失亲，然后，事情过了，你突然对眼前的一切特别珍视。你觉得太感谢老天，觉得老天太厚待自己，觉得自己太幸福了。

这就叫“人在福中不知福”，只有当某一天，把你拉出福去，你才懂得。

有一首流行老歌《思念总在分手后》讲的也是这个道理：两个人天天在一起，越来越觉得平淡，直到厌了、分了，才突然发觉“过去的深情”。

工作也一样。你会发现许多人有着令大家羡慕的工作，但是某一天，他居然辞了职。

最后，他另找工作，却再也找不到像过去那么好的。

你可以猜：那时候，他一定会偷偷后悔。

问题是——这是人性。

人天生就喜欢冒险、喜欢新奇、喜欢云霄飞车的感觉，也可以说人天生就不喜欢“过度的平静”。

所以，你处在一个隔音室里，四周一点点声音都没有，你不见得感觉宁静，你反而会听到一种近乎耳鸣的喧哗声从你身体里面发出。相反，如果你置身在森林，有竹韵、松涛、鸟啭、虫鸣、水流，你却觉得宁静极了。

人不能长处在平静之中，太平静、太没变化，会使人不安，甚至发疯。

于是聪明的医生，当你没病找病，去找他诉苦的时候，即使他一眼就看出你没毛病，也会细细地听听、打打、敲敲、压压，再神情严肃地开几味药（天知道！可能只是维生素、镇静剂），又叮嘱你“过两个星期再来”。

两个星期之后，你又去了，他再细细检查，笑说有进步，又开药，又要你隔周再来。

你又去了，他检查、再检查，拍拍你的肩：“恭喜你，病全好了。”你岂不是感激涕零，要谢谢他这位神医吗？

懂得经营大企业的老板，绝不提早发布“今年会发多少年终奖金”的消息，因为当你这么一说，就变成了“当然”，你当然得信守诺言，当然得“如数发给”。

于是，从你这么一说，你就欠员工的。

反而是，你可以先放空气，说今年的景气不好，怕发不出来，甚至有可能裁员。于是人心惶惶，员工非但不再指望发多少年终奖金，而是生怕自己被裁。

结果，当你不但不裁员，反而说“亏损由我吃下，员工福利不可少”，而再多多少少发了些奖金时，你得到的是掌声，是感谢，是坐云霄飞车，吓得半死之后终于到站的笑容。你很高明！对不对？

这就是人性！人性多么可悲啊，人居然像猴子，由“朝三暮四”，换成“朝四暮三”，换汤不换药，猴子就会高兴。

问题是，作为人，如果没点儿合理与不合理的变化，生活还有什么意思？

用时间与金钱

用时间好比用金钱，如果你知道怎样用钱，也就应该知道怎样用时间。

金钱与时间，在“会用”与“不会用”者的手中，是可能产生天渊之别的。善于理财的人，能够用有限的金钱，买到他所需要的东西，甚至以钱滚钱，创造更多的财富。至于不懂理财的人，则可能毫无计划地使用，东投一点、西添一样，到头来买的东西不少，却可能该有的没有，既买的又无用处。

同样的，会用时间的人，懂得安排时间，按照事情的缓急来支取，到头来，不但完成了他要做的，而且能够留下多余的时间。至于不会用的人，则东摸摸、西磨磨，时间一分一秒地过去，浪费的比利用的多，犹豫的比决断的多，时间永远不够用，事情永远做不成。

这样说，或许你还不懂。那么，让我举个例子吧！

如果我今天给你几千块美金，要你自己出去生活，你要怎样使用这些钱？你不会先去买电脑游戏，也不至于先去看百老汇舞台秀，而是在解决了衣食住行的问题，并缴完学杂费之后，才开始考虑电视和其他娱乐支出，对不对？

于是，当你把自己的开销做成统计图时，会看到有大笔的开支，也有小笔的花费，有必要的支出在先，也有非必要的支出在后。

同样的道理，今天上帝给了你时间，你不能先拿去打电脑游戏和看电影，也不可以先去整理相簿、看小说和胡思乱想，而应该先安排出自己睡眠、上课、读书和通学的时间，因为没有充足的睡眠，你的身体状况不可能好；不花时间乘车，你到不了学校；至于上课、读书，则是你现阶段最重要的事。当然，除此之外，你必须吃饭、交际、消遣，并处理生活上的琐事。只是在整个时间的分配上，前面几项占的分量大，后面几项占的时间少。

我为什么会特别提出所占比例的问题呢？很简单，当你有一笔巨款，你可以考虑买贵的东西；相反地，你有的款子少时，自然是买小的东西。一个永远只买小东西，钱多的时候也不买房子、汽车的人，不能算是懂得用钱的人。同样的，如果你支配每一段时间，都用来做小事，也不能算是会用时间。必须既会利用长时间，完成较大的工作，又知道掌握零碎的时间，做小事情。譬如当有两个月的暑假时，你可以计划作一个参加西屋科学奖的大研究报告。当你有一个星期的假日时，你可以为校刊写篇专访。当你只有周末两天的时间，你就只能做做功课、出去看场电影或邀几个朋友聚会一下。如果你在暑假的“大时间”天天用来聊天、看电影，在周末却想写大的研究报告，就是大小时间不分了！

有一个人总是急急忙忙地做事，朋友问他为什么这么赶，何不轻轻松松慢慢来。他回答：“我做事快，正是为了争取多余的时间。你们看到的固然是我忙碌的一面，其实当我回到家，却有比你们更多的休闲时间，也利用它完成了许多本业之外的理想。”

这个人是以速度来争取时间，他把零零碎碎的“小时间”集中，成为大时间，也就能做较大的用处。比起那些做事总是拖拖拉拉，永远没有较大“空闲”的人，当然要算是知道利用时间的。

我们也时常看见主妇们一边聊天、看电视，一边织毛衣，由于这两种事都属于较轻松的，不必百分之百地集中精神于其中一项，所以她们在同一时间，做两件事。

不过我也知道，有一位著名的女作家，在她年轻时为了争取时间写作，甚至一边煮菜、一边写稿；国画大师黄君璧更总是一面跟来访的朋友聊天，一面作画。这就非要高人一等的功力不可，由于上帝给每个人的时间都一样，那有过人成就的，往往都懂得这种一时两用的方法。

所以，当你假日起床之后，坐在桌前发呆，说是要想想那一天的时间该怎么安排，就已经是在浪费时间。你何不一边洗脸、刷牙、吃早餐，一边想这些事呢？

我过去作画到深夜，总是先把调色盘和砚台洗净，才安心地去睡觉，但是后来改成了每天起床之后做这些事，因为前一夜已经疲惫，洗砚台时，脑海里一团迷糊，无法再想事情，不如省下时间，早早上床。第二日脑子清醒的时候，再一面洗一面想，许多写作和绘画的灵感，也就在这一刻产生。

或许你要说，做事应该专心，同一时间只能做一件。我想对于念书、算术这些需要高度精神集中的事，确实如此，但如果讲：等公共汽车时不能一边看报，就没有道理了！在何种情况下一时两用、一心两用，必须由你自己去决定。但我要强调，在这个讲求速度的时代，同一时间永远只能做一件事的人，将可能被淘汰。

综合我以上所说的，掌握时间的原则应该是：

一、决定事情缓急、轻重，以优先顺序来安排时间，免得该做的到头来没有做。

二、以大的时间做大的事情，以小时间做小事，绝不将大时间打碎，用来处理琐事。

三、以速度争取时间，将争取到的小时间，集中为较大的。

四、如果可能，在同一时间，做更多的事情，使时间多元化。

你细细想想，这用时间与用钱的道理岂非相去不远吗？

你不能失败

今天我在学校体育组见到一件怪事，当时球队正为晚上的比赛做练习，突然接到一个队员从地铁车站打来的电话，说是因为天气突然转凉，他穿的衣服太少，如果站在冷风里等公共汽车会感冒，所以希望队友开车去接他。

从学校到地铁只有十五分钟的路，真是再简单不过的事，可是你知道球队的教练怎么说吗？

他居然说："电话不要挂，先问他感冒没有，如果还没感冒，就立刻去接；假使已经感冒，再感一些也不要紧，就自己吹风，坐公共汽车来吧！"

我听了大吃一惊，颇不以为然。岂知教练有他的道理：

"如果已经感冒，今天晚上当然是泡汤了，又何必浪费别人的时间去接，而且影响了大家的练习。本来嘛！迟到就不应该，天气多变，不注意身体，更不应该。自己不小心，而且不以团体为重，谁又能管得了他！"

这件事，使我想起台湾的一位企业家朋友讲的话。他说：

“在我的公司里，如果一个人40岁还没有升迁到主任，就永远不必再想这个位子。因为爬上来已经嫌迟了。既然不可能再由主任的位子往更高阶层爬，就乖乖待在下面，免得影响其他有冲力的人！”

他的理论虽不尽然对，但是跟下面西方哲学家赫伯特的这几句话，不是很相似吗？

“一个人如果20岁而不美丽、30岁而不健壮、40岁而不富有、50岁而不聪明，就永远失去这些了！”

这个世界是不等人的，它残酷得甚至不能给予失败者一点同情。

譬如在一组人执行秘密的战斗任务时，如果其中一个不幸受伤而无法继续前进，为了怕他被俘之后泄露军机，造成整个行动的失败，领导者可能不得不将那人灭口。

譬如几个人同去爬山，以绳索相连攀缘峭壁时，如果一人失足，悬在半空中，想尽办法不能解救，而其他人却可能因此都被拖下深谷时，只好割断绳索，将那人牺牲。

谁希望受伤？谁希望失足？

谁又能责怪他受伤与失足？

只能责怪命运！而命运常是残酷的！

相信你一定在电影里看过，当马腿关节受到重创时，主人不得不将它一枪打死。我曾经问一位马术教练，难道那马断了腿，就活不成了吗？为什么非要置它于死地？

他说：当然能活！但马不是人，人能残而不废，马不行。身为一匹马，不能跑了！就算活着，又有什么意义！

以上，我讲了许多残酷的故事给你听，因为你已经是可以接受这种事实的年龄，未来也将面对这些残酷的现实。

“你必须成功，因为你不能失败！”

这是一句非常莫名其妙的话，却有耐人寻味的道理！

图书在版编目（CIP）数据

散文精读. 刘墉 /（美）刘墉著. —杭州 ：浙江人民出版社，2022.4

ISBN 978-7-213-10433-6

Ⅰ. ①散… Ⅱ. ①刘… Ⅲ. ①散文集-美国-现代 Ⅳ. ①I16

中国版本图书馆CIP数据核字(2022)第041908号

散文精读·刘墉

[美]刘 墉 著

出版发行：浙江人民出版社（杭州市体育场路347号 邮编 310006）

市场部电话：(0571)85061682 85176516

责任编辑：余慧琴

助理编辑：张 伟

营销编辑：陈雯怡 陈芊如

责任校对：陈 春

责任印务：陈 峰

封面设计：观止堂_未氓

电脑制版：杭州天一图文制作有限公司

印 刷：浙江印刷集团有限公司

开 本：880毫米×1230毫米 1/32 印 张：6.5

字 数：118千字 插 页：4

版 次：2022年4月第1版 印 次：2022年4月第1次印刷

书 号：ISBN 978-7-213-10433-6

定 价：36.00元